孙颙 著

上海文艺出版社

第 一 章

清香袭来，是窗外的广玉兰。深秋季节，广玉兰早过了开花结果的时候，只剩下树叶的气味，在空中迂回飘荡。脆弱的鼻腔，还是被呛得喷嚏连连。上了年纪，鼻黏膜竟变得如此敏感？

他坐在狭小的办公室里，是间只有十来平米的斗室。北面是门，西面和南面统统为墙壁，只是在东面有扇一米宽的小窗。从小小的玻璃窗瞧出去，那株活了几十岁的广玉兰树，孤独地耸立在窗前，超过两层楼的高度了。在他算来，那棵广玉兰树，比自己年轻二十来岁。有时，他兴致特别好，站在小窗前，对着大树，自言自语地打声招呼，"哎，小老弟，站了几十年，累不累？"

棕红色的木门半开半掩，呈四十五度角。从门与门框的夹角，他能观察到外面的场景。门外的大房间，坐着他的同事们，除他之外的社长室全体成员：四条汉子，副社长或副总编，分成两列，挨着东墙和西墙，整齐地排列着座位。原先，分管印刷发行的王副社长，是坐在底层经营部办公的。他觉得不方便，坚决要老王搬上来。此刻，王副社长与他的距离最近，就坐在靠门框的左手边。

这幢法式楼房原先的主人，离开上海滩半个多世纪，下落不明，难以查考。作为沪上乃至全国知名的大出版社，在此驻扎也有三十余年。早先，有老编辑私下传说，这幢楼房属于"凶宅"，对出版社前途不利，在里面做事情的人，健康也会有问题。笃信此类传闻者，甚至悄悄向王副社长进言，说是要找风水先生来看看吉凶，做做法事，扶正祛邪。王副社长喜欢读旧小说，特别欣赏《三国演义》，知道古人敬天地鬼神，诸葛亮就是观天象得以借东风火烧赤壁。对"凶宅"之说，他半信半疑，仅仅碍于自己的社领导身份，把好事者臭骂一顿了事。王副社长声严色厉，堵不住某些人的嘴，私下里的传说依然，还有人言之凿凿地考证，说二十世纪四十年代末期，女主人就在这幢洋楼里自杀。

唐社长是在十年前被任命为本社的社长，"文革"完结了，他从"五七"干校出来，立刻到此走马上任，把这家昏睡了多年的文化单位叫醒。他在这座城市生活了大半辈子。当他还是十来岁小朋友的年纪，迁徙到此地。他父亲在上海滩做学徒，渐渐熬出头，在南市开了间杂货铺，铺面不过两开间，毕竟算站稳了脚跟，就把母亲和他从浙江接过来。母亲帮着照料杂货铺。他运气不错，背起书包,进了一所破破烂烂的小学。那时候,偶然被大人带到"上只角"玩,他看见高墙后那些洋派高尚的建筑,充满了好奇、羡慕与向往。当时无法想象,有一天,他会站在这里,掌控设立在法式楼房中的大出版社的命运。

关于"凶宅"的风言风语,免不了传到唐社长老唐的耳朵中。有人在王副社长那里碰壁,就找合适的时机,对老唐恳切建言,说他是社长,有凶有难,社长首当其冲;宁可信其有,不可信其无,悄悄找个风水先生破破邪气,何乐而不为。老唐笑笑,并不严辞呵斥,当它一阵风轻轻刮过耳朵。不过,好奇心在所难免,他也着实了解过传说的来龙去脉。那个女主人,原本是上海滩一位名媛,长相绝佳,且能说一口流利的英语,弹琴跳舞样样出众,最后嫁了个在上海经商的法国人,结婚时千挑万选,相中了这幢楼房。这楼,曾经是宾客盈门,灯红酒绿,派对舞会,热闹非凡。没有料到,红颜薄命,女主人后来察觉,法国商人在欧洲另有家小,法国商人甚至提出,要名媛承认现实,即允许他在欧洲和中国同时拥有妻子。名媛向来自视甚高,如何咽得下这口气?渐渐变得终日郁郁寡欢,大约最后是由于抑郁症之类结束了年轻的生命。一种说法,女主人死于上吊,吊死在广玉兰树上。老唐觉得这个传说不靠谱,不可思议。他曾经站在广玉兰树下,细细地观察过,那树处于花园的大门旁,只要大门敞开,街上行人可以清楚地看到树身,一目了然。老唐想,那样一位绝色美女,不会让自己死得如此难堪吧——在众人视线所及的地方,直挺挺地悬挂着?他相信另一种传说,女主人是吃了过多的安眠药后安静地离去。老唐寻思,这算啥"凶宅"呢?上海的老房子,达到几十年岁数的,不算稀奇,哪幢房子里,没死过人?不过,有时在楼梯上行走,难免会回忆起那位远去的丽人。楼梯旁的窗户,镶着宽大的彩色玻璃,紫色的、绿色的、红色的玻璃,形成漂亮的拼图。据说,那是女主人自己精心设计的。物是人非,刮北风的时候,朝北的彩色玻璃唧唧咕咕作响,让人联想到当年丽人在洋楼中弹琴的风采。

怀旧,对忙碌的唐社长而言,是非常偶然的情绪。作为一社之长,他的心思,一直被繁杂的事务填得满满的。开始社长生涯时才五十几岁,到今年六十几岁,十来年,一晃就过去了,身体与精神上的差距,竟如此之大。进入社长室的前几年,他很有点"五十五,下山虎"的感觉,憋了那么长时间,荒废掉生龙活虎的壮年,终于碰到了可以做点事情的机会,兴奋得很,像上紧发条的转机,欢乐地旋转。开头几年,他亲自带编辑跑重点高校,有名的教授学者,一个也不想放过,恨不得把他们的抽屉兜底翻,看看里面藏着什么好货——"文革"十年,有志向的文化人,孤灯面壁,悄悄干私活,不声不响,做出鸿篇巨制的,未必只是凤毛麟角。一旦抓到好稿子,马上拍板,回到出版社,立马下锅,动员编辑、校对和印制部门,连日连夜地做成新书;在等米下锅的日子里,他同时致力于制定五年和十年甚至二十年的出版规划,老先生们告诉他,做出版，要看得远些，为后续发展蓄势；偶尔，他还会跑到基层书店，亲自站柜台，吆喝新近出版的读物，与读者面对面交流，直接调查市场态势，获得一手信息。那会儿的他，忙得不亦乐乎，辛苦，却也十分踏实。

现在，开始品尝到折腾不动的滋味。前些年，他喜欢窗外广玉兰的挺拔，喜欢小老弟那淡雅的清香，而今鼻腔过敏，不得不常年关拢东面的窗户，无奈地与那位老朋友隔开距离。这还是小事。要命的，是三天两头偏头疼。神经抽疼，旁人看不出，自己晓得厉害。从头顶心开始扭紧，一直揪到耳朵后面，像要把头皮扯裂开；一阵阵袭来的抽搐，让你六神无主，坐立不安，脑筋僵化，脸颊难看地歪斜，连讲话也言不由衷，思考的敏捷，自然消失得无影无踪。有一回，是年度的选题过堂，满满一屋子的中层干部。第二编辑室刚刚汇报结束，那可怕的神经抽疼开始袭击他。他咬紧牙关，力图不露形迹，坚持坐在位子上，背部则疼得冒汗，视线也渐渐模糊起来。会议后半段的内容，编辑室主任们的汇报，包括副总编们的插话问话，他几乎没听清子丑寅卯。由于他高度的自控能力，脸上尽量显得若无其事，同事们很少察觉到他的异样，只有坐在身旁的牛副总，大约感觉到他身子在微微颤抖，不时向他投来关切的眼神。牛副总年届五十，生活阅历丰富，猜想到他的状况不佳，悄悄对他耳语，"唐社长，你要不要休息会儿？"他坚定地摇头，冷峻地拒绝了副手的好意，坚持在自己的座位上挺到会议结束。

会议之后,他不得不去医院看病。医生说,你太累,到这年纪,要当心,最好抛开工作,彻底放松休息。老伴听了医生的忠告,赶紧说,不能拼命了!多活几年,才是真的。

多活少活,他不在乎,只是希望别出啥意外。如果哪天突然倒下,住院开刀也就罢了,最不敢想象的,是丧失起码的生活能力,那才是可怕的情形:样样要依赖旁人照料,吃喝拉撒,均不例外,有何尊严可说?他去医院看望老战友们,这种晚景见得多了,连去厕所也靠旁人搀扶,活着实在没有滋味。

他不得不开始考虑急流勇退。

从半开着的门缝望出去,鸦雀无声的社长室内,那几个埋头于书稿的同仁,只能看到背影与后脑勺。撇开负责经营而不懂编辑业务的王副社长,剩下三位:满头乌发的两位年轻人,还有年过半百的牛副总,谁可以接班?这个难题,他盘算过无数次。没有人可以商量,甚至不敢透露些许风声。十年间,出版社成长起来,码洋从几百万到几千万,社长的威信,不容置疑。社长位置的变动,仅仅是风吹草动,也会麻烦多多。去年,他突发心绞痛,全身软绵绵,坐立不安,不得已住了半个月的医院,天天吊针水。出版社的小楼里传言纷纷,上蹿下跳的动静,闹腾不小。据说,还有人到局里去打探,谁是内定的接班人。他晓得,局党委内部,关于继任者,看法分歧挺大。毕竟这是一个在全国颇有影响力的大出版社,众说纷纭，各有各的道理。他怕乱套，出院以后，不顾医生再三叮嘱，硬撑着跑来坐班。

他心底一声叹息：终究要交班了。交给谁？不希望是外来的和尚。出版社，大知识分子多，眼界高，随意调个行政干部过来，很难驾驭。那么，大屋子里的几个脑袋，有黑发茂盛的，有白发半边的，也有稀毛几根的，谁合适呢？凭他的资历和威望，他的建议，多少能影响局党委的选择。他的忧虑，在于局党委书记的态度微妙。老魏，魏书记，乃个性鲜明的老干部，资历比唐社长深得多，一九四九年，渡江战役时，魏书记是师政治部主任，年轻而有文化的解放军军官，随部队一路打进大上海。"文革"期间，他和老魏在"干校"待过不少时间。那老头当兵出身，生死见得多了，倔，怕什么造反派？干校管教人员，想整治他，找个岔子连续开批判会，他不愿检查，干脆就瞪着眼珠装傻，问几句甚至几十句，他依旧哼啊哈啊，为此被管教的打过罚过，他还是硬挺着脖子，不肯把脑袋低下来。碍于共患难的老交情，魏书记见了唐社长向来客气，非常尊重，一般不干涉本社事务，声称是绝对信任，免检单位。不过，关于他的继任人选，老魏颇有个人主见，据传，有意派个局本部的处长下来。这事，到时他一定要据理力争，哪怕和老魏伤了和气，也不能无声无息地随了他。

他环顾小小的办公室，靠墙的玻璃柜中满是他心爱的书籍，这些年慢慢囤积起来。做出版，对爱书者而言，得天独厚，不必辛辛苦苦去书店淘书，甚至不必掏口袋买书。书是工作用品，会自动地不断地飞到他面前。这个屋子，不过十来平米，早年，或许是洋楼主人的储藏室，被改建成小房间。外面的大屋，五十多平米，才是当年主人的卧室。他选择坐里面的小间，倒不是为了显示一把手的特殊，刻意与副手们保持距离。他喜欢安静地读书，无人打搅地思考问题。在干校劳动的时间里，他无数次梦想过，哪天可以有个小小的书房。家里孩子多，不可能为自个儿搞一间书房。当社长以后，他把小办公室作为自己的书房，坐在里面，环顾四下的书籍，无论是陈列在书柜中的，还是堆在墙角落的，均是宝贝，虽然没空一本本地读过来，看着它们、嗅着纸页与油墨混合的气味，心里也舒坦。现在，他老了，没有精力应付出版社的杂务，难以继续承担社长的重担，所以，到了和心爱的书房说再见的时候。

忙忙碌碌的生活，时间流水般消失，你浸淫其间，没啥特别的感受，到了不得不放弃什么的那一刻，你会清晰地发现，最珍爱、最不舍得离开的是啥。临近告别岗位的日子，不需要继续担任社会角色的扮演者，他心里清楚，自己不舍得丢下的，不是地位与权势——那些玩意，参加几次龙华火葬场的仪式后，他早已看淡——而是小书房的安宁气氛，是那些散发着油墨气息的书籍。他家里的住房，与一般市民相比够宽敞，三房一厅，但还是不可能给他单独设置书房。自家的书房，只是一种埋在心底的希冀。儿子、女儿成家后还和他挤在一起住，当下的上海，依然是住房紧张，没法子。

参加市里的人代会，代表们对上海的住房状况议论最多。据说，广州、深圳抢先搞改革开放，情形好得多。出版社里，一位能干的青年编辑已经辞职南下，去了深圳，就是因为结婚没有房子。此人来向他告别时，神情黯然地告诉社长，自己绝不是对本社没有感情，只要能给他一间十平米的小屋结婚，他就不会千里迢迢地南下。作为一社之长，听罢爱莫能助，只能看着那位有作为的编辑离开，他相当无奈。这件事情之后，他反复盘算，要为本社职工搞一些住房，特别是解决年轻人的婚房。他和王副社长商量，争取弄它几十套房子，多少解决突出的困难。王副社长说，房源，他可以动脑筋，到有关系的单位去参建，不过，至少需要积累三五百万的本社福利基金，才能到手一批解困的房子。难啊，几百万，得奋斗多少年？看样子，他干不到那一天了——

第 二 章

　　暮色开始压迫窗户，透明的玻璃变得模糊起来，像贴上一层塑料薄膜，使视线无法自由通达。阳光转化成幽暗的线条，在小小的屋子里舒展。老社长拧亮了台灯，长长的半圆形绿色罩子，把一片明亮投射到桌面上，呈现出适合案头工作的氛围。他喜欢这种老式的玻璃灯罩，在反映旧上海十里洋场的电影中，常有差不多样式的灯罩出镜，估计设计生产玻璃灯罩的年代，和他出生的岁月差不多。灯罩的造型朴实简单，长长的半圆形，没有任何花纹；绿莹莹的光线，同时反射到天花板上，令小屋变得温暖和煦。不过，此刻，他的内心，却充满了寒意，脑袋沉甸甸，像是血压上去了。

　　老毛病再次光顾。头顶的神经反复地抽筋，疼得不想思考问题。一小时前，收到那份措辞严厉的批示后，老人的偏头疼明显加剧了。秘书送来一份局党委的批示件。在某大报用于内部交流的热点情况分析上，党委魏书记以不容置疑的权威口吻，用熟悉的粗犷字体，批了几行字，"请问，唐社长和贵社诸位副总编辑，究竟有没有学过党的文件？所谓市场经济常识，是哪家常识？你们到底想干什么？想影响舆论，还是想挑战国家前进的方向？"报纸的"热点分析"介绍了本社新近推出的一套《市场经济常识丛书》，魏书记读到后显见得勃然大怒，立刻予以严厉呵斥。

看到这份不客气的批件，唐社长的第一反应，是拿起了电话，给魏书记拨过去。魏书记办公室的直线，电话响了十几秒钟，却没有人接听。唐社长醒悟过来，魏书记已经去南方养病，走了两个星期了。难道说，他是在养病地批回来的意见？千里迢迢，口气如此严厉，干什么啊？这位老伙计！

脑袋的疼痛，从看到批示的刹那，顿时加剧了。假如，仅仅是头疼于接班人的选择，老人不会如此紧张焦虑。当他临近离开工作舞台的时候，竟然遭遇局党委书记的雷霆霹雳，那种咄咄逼人的批评甚至是责问出乎预料之外。他是这家大出版社的社长兼总编辑，老魏向来有所尊重，这棍子直接打在他的屁股上，口吻之严厉，态度之坚决，泰山压顶，丝毫没有回旋余地。暮色的昏暗中，天花板下明暗夹杂的光圈，似乎浮现出魏书记的大脸，双目炯炯，两道逼人的眼神，在老唐面前闪烁。他明白，这并非魏书记个人爱憎。关于走不走市场经济之路，党内高层争论纷纷，反对的声音相当强劲。魏书记显然对市场经济十分感冒。有一回，在市里听报告，请了位经济学家介绍西方的市场经济状况,经济学家不敢多讲美国西欧的好话,侧重讲了新加坡的发展过程,原本一无所有的小小的新加坡,现在繁荣发达,大大超越了曾经号称"东方巴黎"的上海。两三个小时的讲座,听得上千名干部目瞪口呆。走出会场,老魏呸了一声,对唐社长嚷道:"是谁糊涂?请这样胡说八道的学者讲昏话!搞市场经济,就是走资本主义,我们一辈子的革命,不是白搞了?"他那副嫉恶如仇的样子,唐社长记忆犹新。当时,面对义愤填膺的魏老头,唐社长没有争辩,心中的想法,则完全不同:我们干革命,目标不就是为老百姓过好日子吗?对发展生产力有利的办法,为什么不能试?此刻,魏书记的批示把他对市场经济的敌视发泄出来,矛头指向了他的属下,意思就更加直截了当,是高屋建瓴,一棒打下,让他们难有还手之力。唐社长想,魏老头觉得此事关乎大是大非,批判起来毫不手软。老魏是掌握方向的书记,可以理解,不过,可能还夹杂着别的原因?他甚至大胆猜想,这次风波,大约与接下去的班子变化有关,魏书记凭借雷霆之怒,要保证任命他完全可以信任的社长总编,震慑出版社内任何敢于反对的声响。到魏书记这个级别,又是那样的老资格,考虑起问题来,自然会高出一头。

那份批件,由局党委办公室送过来,社长室秘书小李签收后,直接送到唐社长手上。因为是直送领导的密件,秘书小李照例没有启封。批件的文字,到现在为止,本社之内,只有唐社长独自看到。他懂得批件的分量，不敢怠慢，已经让小李通知了：一会儿，下班时刻，召开本社的社长总编紧急会议。这自然是要把"红色警报"公诸同事们，一起讨论本社面对的严峻局势。

老唐有丰富的应对困境的经验。他是建国前参加革命的干部，在文化领域长期处于基层领导岗位，经历过大大小小的政治风浪。在正式的紧急会议之前，他反复斟酌，还得采取某些措施。他忍着头疼，给社长室门外的小李挂了电话，关照说，请王副社长到他这里谈事。唐社长不是架子很大的人，平素，他可以拉开嗓子喊一声，"老王，你来一趟！"外间的老王离小房间最近，完全听得清。当然，其他三位也听得到。此刻，他显然不想惊动别人，所以召唤了秘书小李。这小伙子机灵，为社长室服务七八年了，猜得到社长的心思。果然，他轻手轻脚走到王副社长旁边，耳语几句。老王自然赶紧起身，一溜烟地过来。

唐社长朝老王努努嘴，老王心领神会，随手关上了半启的木门，木门的铰链前几日刚上过油，滋润得很，只发出轻微而欢快的吱吱声。

老王恭敬地在社长对面落座。十年前，唐社长走马上任，把王某从出版科科长提拔为副社长。他记得年轻的小王在干校期间对老干部们有诸多照顾，重的活儿尽量抢过去做，是挺仗义的。不过，唐社长赏识他，更看重的是他的干练与灵活。王副社长没有辜负知遇之恩，把出版社的经营、后勤管理得井井有条。在出版社的经济事务方面，唐社长依赖他，也信任他。王副社长在外打交道，面对印刷厂和书店时，乃有名的铁嘴粗喉咙，发起火来，谁也挡不住；唯独在唐社长面前，乖乖的，像只听话的小猫。这就是做人的分寸，或者说做人的修炼。在什么场景，如何表演，讲话声调高低、语言长短控制，均不能随心所欲。

老唐没有急于说话，只是把那份批件在桌面上一推，薄薄的纸片，从玻璃台面上轻快地滑过来，王副社长才四十几，眼力好，还不到戴老花镜的时候，不必拿起纸页，顺势一扫，就把上面的内容看清了。他兀自一惊，细长的眉毛高高地往上推，几乎碰到了头发的前沿，这是王副社长思考难题时的惯常表现，同时，嘴角小声嘀咕，"不得了，吓人兮兮。"他抬头看看唐社长脸色，小心地补充道，"是魏书记的批示啊，指名道姓的，老头火气这般大？还从来没有见识过——"他见唐社长神色严峻，后面半截话，咽进了肚子。

老唐心里清楚，外面办公室的四条汉子，与眼前措辞严厉的批文密切相关的，是两个半人。王副社长顶多算半个。不过，就应对紧急态势的策略来说，他首先需要依靠的，正是王某。

"看明白了？"唐社长淡然一笑，指着桌子上的批件问。

"有明白的，也有不明白的。不就是一套经济问题的书，魏书记发那么大脾气，为了啥呀？"他略微停顿，接着说，"请您指点。"王副社长在老领导面前，始终是谦恭的。他不清楚社长真正的心思，宁可装拙。

桌面上的文件是报社热点情况分析的影印件，影印件的上方，是魏书记的批语。材料上说，某著名出版社——就是老唐领导的出版社，新近出版一套《市场经济常识丛书》，主要介绍全球市场经济国家的情况与运行规则，对市场经济的强大力量作了深入浅出的介绍，是国内首套正面肯定市场经济的普及读物，因此在读者中引起巨大反响。由于填补了国内此类读物的空白，销售火爆，目前已经达到三十多万套。魏书记措辞严厉的批示，正是冲着上述情况而发声。"所谓的常识，是哪家的常识？"抓住的是书名中一个关键词。唐社长不得不佩服魏书记的敏锐。当初讨论丛书名称时，用不用"常识"一词，社长室内部是有过争论的：为稳妥起见，可以不用，或者换成中性些的"知识"一词。竭力推动此丛书问世的秦副总编，年轻气盛，说"常识"一词"绝对妙"，就是要让读者接受此常识。他振振有词的样子，唐社长记忆犹新。秦副总说，为什么深圳从小渔村平地而起，就是搞市场经济啦；上海这个老大，为什么越来越困难，住房还是七十二家房客，正是被计划经济管得最严厉，这些，不都是看得到的常识？秦副总的言辞，被王副社长高度赞赏，他负责发行，深谙市场的门道，认为加上"常识"，丛书名称叫起来响亮得多，绝对有利销售。现在，正是这个词被领导揪住了辫子。

明摆着的情况，领导批示到这个程度，想轻松混过去，绝对没门!十年来,王副社长经历的风浪不算少,他所谓的"不明白",自然不是指批示字面上有啥不理解,那是小葱拌豆腐,一清二白。此刻,他需要搞清楚的,是本社当家人的态度,以及如何对待局势的策略,便于自己立刻跟上。

老唐的神色平静。他猜到对面交谈者的心思,出于策略,他无意把自己的想法立刻和盘托出,只是淡淡地问:"这套书,现在销售的情况如何?"

王副社长回答:"第一版全部发货,销得断档了。紧急加印的,正在发出去的过程中。"他打量着老领导的表情,小心地补充,"大码洋啦,加上第二次印刷,一千五六百万,今年的利润,靠它撑着了。"说罢,他又添上一句,"您想为大家搞房子,今年我们有希望,多提取几十万的福利基金!"

这些年的改革,把出版社彻底推向市场,日子过好过坏,奖金是高是低,看各家自己本事;住房投入的大小,更是看效益好坏。本市出版社首屈一指的利润大户,在西区有一块住房工地,半月前已经开工,王副社长去参观,回来向唐社长汇报,说看着令人眼红。确定这套《市场经济常识丛书》时,秦副总做过销售调查,相信它一定卖得好,会带来明显的经济效益。王副社长听了秦副总描绘的前景,很兴奋,从经营角度也高度认可和支持,说本社就是缺少能在市场上引起轰动的拳头产品。他立刻购买纸张,落实印刷厂,保证这套书顺利推向市场。不过,魏书记的批示,批评矛头直接针对的是总编辑们,他不是能掐会算的诸葛亮,当然不知道负责经营的王副社长的作用,不知道推向市场的三十万套书,其速度和力度,与王某人的得力关系极大。所以,魏书记的批示,点到总编辑们为止,在老唐看来,王副社长也就算半个责任相关者。

王副社长努力猜测唐社长的内心纠结,直截了当把话说白,"这书卖得好,社里今年日子好过,连设想中的福利建房,也能打个厚实的基础;万一出了意外,特别是停止销售,甚至还要往回收书,那个损失就天晓得了。假如收回十万套,统统打成纸浆,利润没了,还要倒贴纸张印刷成本,我们吃不消啊。"

在社长总编会议正式讨论批示之前,老唐找老王单独聊,心里不踏实的,正是因为事件的处理将涉及本社经济大局,或者说,涉及日子过得下去还是过不下去。现在银行与出版社的关系,硬碰硬,你贷了款,还不出,再想贷款,求爹爹告奶奶,也难。为做这套畅销书,王副社长多贷了两百万的纸张钱,万一有个三长两短,经营上玩不转的。

唐社长不具体管经营业务,每个月的财务报表还是认真看的,晓得其中利害。他拖长声音,意味含糊地问:"要是全卖光了,想收回也没法收的——第二次印的那些,到现在还会没发完?"

王副社长感到诧异,自己说得很明白啊,刚印好,正在发出去的过程中,为何故意问?老唐虽然上了点年纪,头脑依然灵敏得很,不会听不清楚!他细细地观察着老人的神情,从"全卖光了,想收回也没法收的"的弦外之音,加上"还会没发完"这种不太规范的组词,聪明的王副社长顿时领悟到什么,醍醐灌顶,于是果断地改口,"应当快发完了——噢,我马上去查,发行部的一帮小伙子们卖力得很,说不定已经统统发光。"

唐社长笑笑,补充关键一句,"发出去不算数的,书款收回来才定心。"

谈到这里,王副社长对老领导的心思基本摸准了,他点点头,牛头不对马嘴地回答:"对,草船借箭,重要的是把现成的箭给收回来。这个绝对不能含糊,我马上去布置,凡是要货的,一律付现钱。"

唐社长晓得他喜欢用《三国演义》里的典故,此刻懒得纠正他的滥用,只是盯住问要害,"书店肯马上付钱?"

"没问题,这书正是紧俏的时候,抢着要的人多,谁不肯给现钱,就别想拿货!"王副社长回答得振振有词。说罢,他站起身子,"当然,要抓紧,如果他们听到有魏书记这个批示,话就不好说。我立刻到发行部去安排,会议恐怕要迟到几分钟。"

老唐意味深长地笑道:"你忙你的,这个比你坐在会场重要。反正,文件你看过了,我的传达任务没有打折扣!"

王副社长"嗯"了一声,开门之际,唐社长追过来一句话,"紧急会议上,只讨论领导批示,销售问题,就不说了。"

"知道了!我办事,你放心!"王副社长的声音未落,背影已匆匆消失。他搞懂了老领导的忧虑，去采取应急措施。在社长会议上不便讨论的问题，必须由他独自来承担责任！他不怕批示的严厉，他们搞内容的人，听到这些才紧张。他只是负责经营，书卖得多，功劳就大。书里讲点啥？他来句，"我粗人一个，读不懂。"自然可含糊过关。在社长室的诸位领导中，夜里，唯有他倒头便能睡香，不知道失眠是啥滋味。嘿，学问多，懂得多，也是负担啦！

第 三 章

下班时分，楼梯上的脚步声十分杂乱。男孩子飞奔下去的轻快，像钢琴家五指的快抹；女生们脚后跟的清脆，却像大拇指对着琴键的单击；至于老编辑们步履的笨重，则像手脚并用时琴身的共鸣，这些无规则的组合，汇成了下班交响曲。待这阵忙乱过去，上上下下，人去楼空，渐渐安静下来，静得空气冻结，整幢法式楼房如古堡般沉寂；偶尔，有个别晚下班者的脚步，孤独地踩响陈年的楼梯，"咕咕咕"的嘈杂，在寂静的老房子里游荡，听上去略微有些恐怖。在这种时候，听着陈年楼梯的叫唤，容易想起从附近街坊那里听来的传说。有人说这幢楼房是"凶宅"，白天上班时没有人在意，夜深人静，值夜班的人想起来，才会不寒而栗。尽管死者当年是绝色美女，但谁也不愿撞见死了的美女。做编辑的，谁没有读过《聊斋》，知道夜半突然出现的美女，肯定危险。好在，怕怕而已,那位当年的女主人,终究只存在于传说之中。幸亏,大家日出上班,日落下班,白天喧哗吵闹,人声鼎沸,谁会注意这些陈芝麻烂谷子?

一般,社长总编办公会议,安排在周一的早上,按照会议的内容,邀请若干相关的列席者。今天,非常规时间召开的紧急会议,排除了所有列席人员,应该出席者,除去五位社领导,只有负责记录的秘书小李。唐社长的处事风格,在用秘书上可见端倪。他到岗后,把原来的女秘书辞了,调来转业军人小李。他说,我们五条汉子,用男秘书方便。会议开始的时候,小李报告,王副社长在忙特殊公务,一时过不来。唐社长痛快地摆摆手说:"不等他了,我们准时开会。"

他一脸肃穆,一板一眼,认真宣读了魏书记的重要批示。读完,还提议各位传看原件,以便深刻领会批示精神。

与这份批示密切相关的人员,除声明要迟到的王副社长,均正襟危坐。唐社长是本社最高决策者,主要责任逃不了。领导选题策划并组织编辑事务的,是年轻有为的秦副总编,他显然是直接责任者。唐社长的第一副手,五十多岁的牛副总,身兼副社长与副总编,老成持重,大半年前刚刚调来本社,明摆着是一项接班人式的安排。不过,编辑中传说,按魏书记的意思,这个接班人选是否胜任尚须考察,因此,老牛为人处事特别小心,可以理解。当初社长室酝酿此丛书选题,牛副总没有像秦副总那样热情鼓吹,但也没有提反对意见，属于默认的行列。牛副总的左右为难，是深思熟虑后的策略。因为走不走市场经济之路，上面尚且争论不休，作为埋头搞图书编辑事务的，能想个水落石出？这种状况下，他不点头也不摇头，显得进退自如。不过，眼下情形不妙，在局里一言九鼎的魏书记一棍子打下来，没有明确反对选题的老牛自然脱不了干系。更要命的情况，估计消息灵通的魏书记很快会知道，此丛书的责任编辑，恰恰是牛副总的宝贝女儿，因此牛副总的干系就非常之大。牛副总属于头脑清晰的干部，刚调到本社，就向唐社长提出，为回避直系亲属同在一个单位，应该把他女儿调开，去别的出版社。唐社长爱才，舍不得放走才华横溢的牛鹭鹭，就推说这事不急，以后再考虑吧。这个"以后"，苦了牛副总，让他深深陷入本次泥潭，让他有苦难言，倒霉透顶。在魏书记那里，老牛肯定大大失分，今后局党委讨论本社接班问题，对老牛的考察分析，此事必然是难以含糊的案例。

牛副总坐在会议桌的另一面，与唐社长脸对脸。他听罢批示全文，脸色开始发青，眼皮耷拉下来，盯住桌面，闷闷地盘算着什么。唐社长暗自同情这位伙计：这场无名火也许会越烧越旺，可能烧掉牛副总的接班阶梯，同时，会把他女儿——系统里赫赫有名的青年女编辑的前程给毁了。唐社长心中一声叹息。当初，如果同意牛副总的想法，把他的女儿调走，也许，本社这场大祸，就完全避开了。最初的编辑设想，是女孩提出的，她算始作俑者；秦副总的热情推进，是在牛鹭鹭设想的基础上，把计划进一步完善了而已。

坐在会议桌左侧的秦副总，不过三十五六岁的年纪，是少年得志之辈，一对炯炯有神的鹰眼，看上去就是精明能干的后生。他的脑子特别好使，知识与视野均很宽广，近几年已经策划过数套影响不小的丛书。他年轻气盛，向来自信，当然不肯轻易认栽，看罢文件，他印堂发红，眼睛睁圆了，提高嗓门说："魏书记是令人敬重的老革命，不过，他的意见未必代表领导层。选题方向错了？不可能的，绝对不可能错！我在北京调查得很细致！基本的决策，就是必须搞市场经济。目前的提法——有计划的商品经济，非驴非马，不过是一种妥协而已。"整幢楼房，在下班以后的寂静里，放大了秦副总的嗓音，他的愤愤不平，从门缝里钻出去，估计顺楼梯传到了其他楼面，难免被尚未下班的编辑们听到。唐社长摇摇头，手指点了一下嘴唇，示意他不要太激动。目前还是内部讨论阶段，唐社长不希望传得沸沸扬扬。

秦副总在北京有一帮子朋友，学界的、政界的全有，其中有几个高干子弟是他获取重要信息的主要渠道。在策划选题的关键时刻，他带着责任编辑牛鹭鹭去北京跑了两次，回来向唐社长做过详细汇报。唐社长相信他们的判断准确，市场经济这条路，中国势必要走，目前文件上的正式提法，"有计划的商品经济"，仅仅是一种过渡期的妥协。唐社长最后拍板同意选题，也是立足于对这个大趋势的分析。有一回，在局里开会，唐社长对局长说过选题的设想，局长没有否决，只是提醒他们多做点调查，对书稿内容审得细一些，慎重处理整套书的框架。现在，魏书记措辞严厉的批示，等于让局长也难堪啊？不过眼下，唐社长不想提及局长的态度，作为懂规矩的老同志，他明白不能扩大矛盾。局里两位主要领导有不同想法，很正常，他们自己会交换意见，下属不便说三道四。

会议室是这幢法式楼房里最大的一间屋子，在二层正中的位置，朝南，有一排宽大的玻璃窗，此屋应该是原先主人的会客场所，据说，早年房子的女主人安排舞会，也是在这个地方。房间的地板特别考究，几十年时光流逝，黄澄澄细长条的水曲柳依然锃亮，踩上去，微微感到有弹性，想象力足够丰富的人，可以猜测，当年这里聚集过多少丽人，那些轻捷旋转的高跟皮鞋在敲打地板的同时，如何把男士们的心敲击得心猿意马。由于房间宽敞，出版社中层以上干部会议，四五十号人在此可以坐得下来，满满一屋子的人，热气腾腾。此刻，四五个领导开会，屋内的气氛，显得冷清，加上今天的主题，更觉得秋后寒气袭人。秦副总见没人打破局面，又不能大嗓门说话，咽咽口水，不甘心地咕哝道："领导批评几句，就算话说得重了，又没有下命令停止卖书，我想，不必自己吓自己，紧张得吓出毛病！"

处于焦虑中的牛副总，听他说得这么轻飘飘，忍不住数落他，"秦副总，我们可不能粗心大意，魏书记是久经考验的老革命、老领导，在市里甚至在北京，说话也有分量，他的批示非常严肃，政治性极强，口吻相当重，不能不当回事，至少，得前后想个周全。"他犹豫片刻，看看愤愤不平的秦副总，又看看唐社长脸色，补充道，"说不准，后面还有文章，我们不认真检查处理，局党委的正式处分，紧跟着就下来了。"

唐社长朝他点点头，目光中的意思：到底牛副总年长几岁，经过的风风雨雨多，分析有道理！"我赞同老牛想个周全的意思，我们要有充分的思想准备，应对可能出现的困难局面。比如说，局党委会不会对这套书有个正式的处分？"他说。他知道，魏书记身体有病，病得不轻，害怕上海潮湿阴冷的气候，入秋后一直在南方养病，一般事务，早就不管，突然甩出如此厉害的批示，当是谋定而动。老资格老经验的魏书记，没有明确把握，出手不可能如此重，锋芒毕露。

秦副总见两位年长的如此说，不由摇头叹气，只在喉咙里轻声嘟囔着，嘟囔啥，旁人却听不清。看得出，他憋了一肚子闷气。他把脸转向旁边，朝邻座的另一位年轻副总说："哎，郭大学者，你倒是发表意见啊。不能事不关己，高高挂起！"

郭副总正埋头在桌上仔细研究批文中的字句，听到同事不客气的催促，缓缓抬起头道："秦副总，你说这话有意思吗？社里遇到如此大事，分得清你的我的？"

唐社长赞同地说："齐心协力，应付困难。一个班子，理应如此。"他用中指的指尖轻轻敲打桌面，桌面反弹起清脆短促的声响，这是他提醒干部们注意要点的习惯动作,"不管是原先同意选题的,还是不太同意的,现在我们是坐在一条船上。"唐社长这段话的指向,谁都听得明白。在班子里,原来对此选题有保留意见的,只有郭副总一个。

郭副总知道唐社长逼自己表态,也就坦率回答:"魏书记的批示,我读了几遍,还没有完全想清楚。为什么把问题提到这样的高度,甚至说,出这套书是影响社会舆论、挑战国家发展方向,说得太重了吧?"他面对唐社长深邃的目光,没有躲闪,直言道:"不过,我的态度简单,我赞同市场经济是当下中国必走之路。我是搞文学史出身,书呆子,做学问古板,对出书规划常常反复盘算其长远的价值。讨论这个选题时,我有所保留,不是针对书的内容,仅仅是在没有思考成熟之前,不主张简单草率行事,冒失抢先——"

如果在平时,听到郭副总讲什么草率行事,冒失抢先,秦副总早就按捺不住,生气顶他;今天,情况不同,秦副总接他话头,"我知道啊,夫子讲究四平八稳,不过,只要你不反对,我们观点当然一致,是一条战线,快点慢点,那不过是技术问题、策略问题。"他很聪明,在眼下困难的当口,必须把友军搞得多点,他要把原来持不同意见的郭副总拉到同一条船上来。

会议室的座机刺耳地响起来,在近乎寂静的楼房中,白天不张扬的电话铃声,这会儿惊天动地。秘书急忙跑过去接听,边听边回头说:"唐社长,是王副社长,他手头的紧急事情一时半会处理不完,没法过来开会了。"

在座的,只有唐社长知晓王副社长在忙碌什么,他摆摆手,"没关系,让他忙去吧。"其余三人面面相觑,他们知道一把手的严厉,会议一般不让请假,何况是眼前这种紧急会议,为啥今天对老王例外?不过,既然唐社长同意王副社长缺席,别人也就无话可说。秘书立刻把社长的意思传达到电话线的另一头。

唐社长知晓处理复杂问题的程序。每一步细节,今后均要经得起检查。今天的会议,各位的议论在会议记录上并非关键,要害是班子应该表明态度,如何贯彻执行领导批示的具体方案。会议记录,必须清楚反映出本社班子的决断力。

他放慢语速,示意秘书完整地记录下他的决定。

他要求班子认真反复学习局领导的批示,深刻领会批示的重要精神。在学习的基础上,他提议副社长兼副总编的老牛担任研究处理此套丛书问题的小组组长,并随时向他汇报;秦副总与郭副总,均担任小组副组长;至于缺席会议的王副社长,暂时不参与专题组工作,不过,假如问题进一步发展,需要处理已经销售到市场上的书籍,王副社长必须参加进来。

牛副总小心翼翼地问:"魏书记是从政治原则方面批评,事情非同小可,您不亲自主持?我的能力不够啊——"牛副总欲语又止。

唐社长苦笑道:"老牛,这次只能多辛苦你。医生要求我住院全面检查身体，我的体力也有撑不住的感觉。"他不停地用手指梳理着发梢，让不时抽搐的神经疼略微减轻一些。他没有详细说明自己身体的状况，说出似乎身体正在背叛自己，处于崩溃的前夜。假如仅仅是医生的诊断，还不会让他下决心住院；他的隐忧，是惟恐突发意外，不愿意在岗位上忙碌到瞬间倒下，惊吓大伙。唐社长望着牛副总，恳切地道："我知道你的为难，"稍作停顿，他斟酌着词句，坦率地道："鹭鹭是责任编辑，你处理事情多有不便，不过，你经验比年轻人丰富，主持最合适。再说，我住院顶多是一个星期的事情，回来我就接手，如何？"

唐社长把话说到这地步，牛副总哪里还敢推却，连声道，身体要紧，身体要紧，他们能顶下来，让唐社长安心住院检查。旁边的两位年轻人，晓得老唐要强，非到万不得已，哪里肯住进医院？他们当然也表示了同样的态度，劝唐社长抓紧去检查治疗，大家会齐心协力，应对当前的局势。

当秘书把要点记录完毕，唐社长让小李合上记录本，又关照了几句不必记录的细节。他要求秦副总继续了解各方面的动态，特别是北京各层面关于经济体制改革方向的讨论，摸得越透越好。秦副总连连点头，这个关照与他心里的想法不谋而合，他申请再去北京跑一次。唐社长表示可以考虑，但不要搞得动静太大。旁边，郭副总的态度也不含糊，他说，明天就去本市的高校走走，找经济学的教授们再聊聊。

同事们的齐心协力,让唐社长感到欣慰,身上一阵轻松,神经抽疼稍有缓和,不像刚才那么厉害。他抬头看看墙上的挂钟,已经是七点半了。唐社长的习惯,会议尽量开得短。他抱歉地对同事们说:"耽误大家的晚餐时间了。"他站起身子,抬起双臂做了个拱手拜托的姿势,向面前的各位连声道谢,表示他离开岗位几天,定定心心把身体状况摸清楚。社内事务托付大家,如果有紧急情况,通过小李,可以随时联系他。

第 四 章

秦含，秦副总，本市出版行业内的新秀，响当当的人物，在数千青年编辑中脱颖而出，被公认为新一代出版人的标杆：二十几岁，入行不久，编辑的书籍即开始在全国获奖；随后荣誉纷纷降临，前途一马平川，先是荣获市级优秀编辑称号，然后不断获得提拔，从编辑室副主任、主任直到副总编辑，一路升上去；三十五六岁，就实现了许多编辑一辈子的梦想，在这个全国知名的大出版社里，稳坐副总编辑的位置。牛副总未调来之前，社内传说的版本不少，百川归一，最后的结果差距不大：秦含早晚要接唐社长的班。

他当然是个人才，还不是泛泛的一般的人才，思维敏捷，口才出众，阅历丰富，锋芒闪烁，身处各种场合，均是引人注意的角色。老朋友私下问过他，你父亲怎么给你起个女性色彩的名字，"含而不露"或者"含笑无语"，与你的性格没有一毛钱关系啊？他笑笑回答，调侃自己的父亲，我爸么，小干部一个，生来谨小慎微，所以喜欢含蓄低调平庸，总是唠叨，夹紧尾巴做人，其实，人类进化后，早没了尾巴，夹得住啥啊？熟悉秦含的，知道他的性子，确实与他老爸的哲学反其道而行之。他哪里有半点含蓄的味道，天生喜欢张扬个性，喜欢逐浪于潮头，振臂于山巅。在改革大潮席卷中华大地的年代，秦含自豪而自信地认定，天降大任，唯有当仁不让者崭露头角：顺天命，顺大势，势比人强，能借势脱颖而出，方见本事。

大半年前，牛副总调入本社，此事有些突兀，不知局党委的脑袋如何思考？不少人觉得，一帆风顺的秦副总被谁丢下的石子格棱了。唐社长明摆着没几年干头，秦含在副总的位置上候补着，接位的可能性远远超过另一个年轻的副总郭道海。与秦含相比，郭副总在业内的名气逊一些，才华似乎也平淡些，而且性格比较懦弱，气势上镇不住这个大社。两人竞争起来，八九成的概率，是秦含胜出。至于另一位社领导，管经营业务的王副社长，资历深，比两位年轻人早进领导岗位，可惜，他不懂编辑业务，只会与印刷厂和书店打交道，按惯例，在这个大出版社里，当不了一把手。现在，怎么会杀出黑马，空降个牛副总？牛副总比两位年轻人大十几岁，在行业内是老干部，调进来，被宣布为副社长兼副总编，又挂个党组副书记，自然在副手里排名第一。谁都看得明白，来者不善，分明是上面安排的接班预备人选。虽然有另一种传说，魏书记讲过，牛副总过来，尚属考察对象，能不能接班，打着问号。但是，不管怎么说，好像首先没有了秦含的份。本社之内，与秦含走得近的朋友，特别是由他直接分管的下属们愤愤不平，说局里走了一步臭棋，欺人太甚。秦含一反常态，面对同情者的怨言，倒是意外地含蓄起来，没有强烈发表想法，至多苦笑一声而已。让他怎么说呢？牛副总的女儿牛鹭鹭在他手下当编辑，明里暗里是他密友，所谓的红颜知已，他随便表达任何想法，均不见得合适。何况，鹭鹭私下里对他说过，我爸来，也有好处，别人就竞争不得，没有指望；老爸绝对听我的，过两年，我求他让贤，他肯定乖乖向局里举荐你。

这种悄悄说的话，自然不便对人言。

社内，知识分子成堆的所在，清高自许的多，但也免不了有好张罗又碎嘴的阿姨辈。关于未婚而招人口舌的鹭鹭，之前的传说，是围绕着郭副总演绎的。有脑瓜者想来，当是水到渠成的好事。郭道海刚过了三十五岁，早先忙着读书，拿了个硕士，又在职读博，踏进出版社后日夜扑在事业上，竟然忘记成家立业的大事。牛鹭鹭呢，年近三十，眼界甚高，一般男子哪里入她慧眼？至今孑然一身，高处不胜寒啊！这般智慧美貌的女孩，没人敢轻易追。在旁人看来，郭男牛女，这是天造地设的一对，冥冥之中，被专门安排到一幢楼里做同事，自然水到渠成，演化一段美妙姻缘。在强大的口水舆论推动下，郭道海和牛鹭鹭倒也确实近乎起来。有一阵子，午餐时，二人不断在食堂里同桌，下班，也常见相约离开。正当到了众人可以公开打趣的火候，不料，他们之间的关系却火速降温，由八九十度一下降到一二十度，或许还会朝冰点直奔，渐渐演变到连一般朋友也不像了。在一幢楼里办公，楼梯上、会议室，擦肩而过，或者并排而坐，是家常便饭，总要寒暄吧？他们则很少打招呼，勉强点个头，目光却不接触，真个是形同陌路。

牛鹭鹭的闺蜜透露出丁点机密，说鹭鹭受不了郭某的书呆子气，彼此实非一路人。后面半截话，听者们觉得颇有些说服力。郭道海平民出身，父母均是小学教师，三姑八舅，叔伯姨丈，全没啥上层关系，也跟有钱的人家沾不上。他又不善社会交际，只晓得埋头啃泛黄的老旧书本，难以获得美人的青睐，很在情理之中。不过，他们之间总闹过啥矛盾吧？否则，变化得过分戏剧化，过于急速，就算热开水变成温开水乃至冷开水，总还要磨蹭点时间吧？日子多了，细心者看出蹊跷，内情似渐露端倪。情况未必那般单纯呢——眼见得，在鹭鹭疏离郭道海的同时，她与秦含日益亲近起来，除上下级的关系之外，衍生出另一番关系。啥关系？至少是暧昧。说真捏住实实在在的把柄，谁也不敢夸口，不过是一种可意会不可言传的猜测，或曰联想，日久天长，同事们点点滴滴的感觉堆砌起来。尽管当事人分辨躲闪——已婚的秦含万分谨慎，公开场合也不见得双方有多少来往，还是难以消除众人怀疑的目光。秦含铁嘴钢牙，坚持说，他们只是谈得来而已，主要是选题方面谈得来。鹭鹭所在的编辑室，恰恰属于秦含分管，道理上也说得通。不过，尖刻的人另提疑惑，秦副总手下编辑大员二十几号，女编辑占多数，为什么独独与鹭鹭特别谈得来？秦含听人如此质疑，头一昂，理直气壮道，谈得来谈不来，是文化修养的异同罢了。他强烈地正式地声明，鹭鹭仅仅是他难得的红颜知己。声明归声明，编辑中聪明人不在少数，长着脑袋，谁不会联想呢？有句广告语怎么说的：要是没有联想，这世界将会怎样？——

半年多以前，牛鹭鹭拿出一项大胆的选题方案，想在被计划经济统治多年的中国市场，投放全面详尽介绍市场经济发展势头的丛书。出版宗旨，不是像过去的一些出版物，对资本主义市场经济持全面彻底批判态度。鹭鹭拟写的选题设想：开宗明义，需要真实客观介绍市场经济的理论和实践。明白人自然懂，在批判几十年之后，所谓的真实客观，必然会致力于细细描绘彼岸风景，别有洞天的风景。一石激起千重浪。出版社内，拍案叫好者不少，忧心忡忡者同样很多。社长室内，虽然没人拍桌子瞪眼吵得面红耳赤，争论亦是明显。秦副总热情为其鼓与呼，说本社多年没有震撼全国的选题，这次要放个大礼炮；郭副总则稳重地持保留态度，建议别抢时间，静下心来，多做些调查研究。这种分歧，除了双方思想认识上的差异，是否包含着其他微妙的因素？显而易见，秦含与牛鹭鹭是一个阵营，郭副总站到了对立面。本社之中，凡多少了解内情的同仁，有参与争论的，有等着看戏的，有静观其变的，各持各的立场。

世界上的很多事情本来缺少性别符号，与男女之情无关。可惜，事情上的多数事情，后来或多或少牵扯到男女情感纠葛。两性关系时常干预着历史，是正史或者野史作者的刻意演绎？是无聊者追求刺激的胡编乱造？还是喜欢抬高两性关系价值的文化之殇？

　　反正，两位才华横溢的年轻副总，一位美丽智慧的女编辑，围绕一套有争议的丛书，开始了一言难尽的故事。

第 五 章

当初，面对《市场经济常识丛书》的争议，同事间关于选题产生了明确的分歧，唐社长曾犹豫再三，一度举棋不定。在选题取舍方面，他比较尊重各位的想法，只要是认真思考后的建议，他一律耐心倾听。对于这套创风气之先的市场经济读本，支持者慷慨激昂，怀疑者，亦言之成理，落差如此明显。作为决定选题生死的关键一票，唐社长不得不权衡，迟迟没有正式表态。原因在于，他听过几次关于此问题的报告，也参加过若干涉及经济改革方向的会议，晓得水的深浅。这是关乎国家命运的抉择，党内高层不得不谨慎行事，内部存在着激烈的争论。作为个人，唐社长是坚定的市场经济派。老唐对此是深思熟虑的，他赞同一些学者的论述，经过"文革"的折腾，中国经济的毛病积重难返，社会生活压力巨大，民众期望国家快速发展的愿望相当强烈，市场经济制度，恰恰容易调动亿万人的积极性，使中国这艘航船得以乘风破浪出海。他明白，没有其他更好的选择，唯有朝这个方向前行，才能实现让百姓过好日子的目标。不过，作为出版社的社长，他不得不为社的命运负责。假如高层尚未拍板，轻易出版这套书，即使是客观介绍，亦难免风险。他明白，郭副总的持重之见言之成理，非胆小怯懦。

唐社长权衡不定，秦副总等不及了！他确实心急，这种选题抢的是新鲜，被人先做了，味道顿失。雄心勃勃的年轻人不愿被动等待，他习惯主动进击，只争朝夕。那天刚上班，众人还在擦桌子泡茶之际，他径直跑进唐社长的小房间，分明是打算跳一步卧槽马，强硬逼"将"动弹。他右手捏一支深黑色软笔，左手还抓了其他颜色的软笔，同时在办公桌上铺一张 A4 纸，还没等唐社长发问，哗哗地画出一幅图。图上，交通繁忙而宽阔的十字路口，正前方亮着触目的红灯，各种车辆乖乖停在白线后面，唯独一辆强壮的吉普车招眼，箭头般突出，有半个身子越过了禁行线。不等细细端详的唐社长追问原由，秦副总一板一眼地解释开来。语言是他的强项，虽不能把死的说成活的，但把僵硬的说成活蹦乱跳的，倒也是手到擒来的本事。他擅长解构复杂问题，删繁就简，解释得通俗易懂。于是，不会开车的老唐，在秦副总的三言两语之后，顿时弄懂了图画的含意。这吉普车半个身子越线算犯个小错（吉普的大名，多让人容易联想到战场上横冲直撞的镜头啊），最多被警察教训几句，够不上交通违规挨罚。假如现场恰好没有交警监督，那么教训自然也免了。但是，突前半个身位，好处却十分明显：挨到绿灯打亮，箭头自然抢先射出，其他车就被吉普车压在后面，老司机们俗话称之为"卡位"；特别碰到大转弯的当口，谁卡位就能捷足先拐，慢半拍的，对不起，就被堵在不前不后的路口中央，你干瞪眼着急吧。

唐社长建国前隐身在上海的大学里搞学生运动，既擅长幕后策划，又敢于带队上街，冲冲杀杀，当时算得上风云人物。后来，被同学中的对立面告密，作为共产党的嫌疑，抓进提篮桥关过些日子，那是相当严酷的磨难，也是可能掉脑袋的罪名。幸亏不是软骨头，没有磨掉年轻人的锐气。新中国成立，他才三十不到，比眼下的秦副总、郭副总还年轻，正是干事业的年纪。他精明能干，文化水平高，本来当有更大的前程。遗憾的是，关在提篮桥的几个月，却成为他的软肋。与他同时被抓进去的同志，有人遇害，悲壮地倒在黎明之前，他却十分幸运，被溃败前混乱的特务部门遗忘，与最后的大屠杀擦肩而过，安然挨到上海解放。没有任何证据，显示他有过变节甚至叛变行为，但要证明他毫无瑕疵，也相当艰难——搞地下工作的同志，单线联系得多，他的直接领导，在上海解放前牺牲，能为他担保的力量就比较薄弱。档案中写入的疑点，无法证伪，亦无法证实，遂成为有控制使用的干部。高级的大机关去不成了，便始终在文化、教育的圈子里溜达。你讲他是老革命吧，虽然说话文质彬彬，做报告却不必秘书起草，扯张便条纸，写上几个词儿，可以讲上两三小时，凸显文化水准高的干部的气派；偏偏又爱吃奶酪爱喝咖啡，那就与老干部的一般形象差许多，身上不时散发小资的气味；你讲他算知识分子吧，他又读过大厚本的马列，讲起革命斗争历史，讲起在地下斗争中牺牲的同志，慷慨激昂，热泪盈眶，属于坚定的老共产党员行列。二三十年磕磕绊绊，青春岁月乃至壮年时代，聪明才华被种种运动消解，实在干不成像模像样的事。到了二十世纪八十年代，终于身逢改革浪潮，五十而知天命，该是懂得谨慎的年龄，偶尔却也会热情喷涌，像学生时那般冲动一番。大约还是本性使然，压抑久矣，需要释放。秦副总的话，确实将了唐社长一军，难道这辈子不想再冲锋陷阵吗？那幅简单的线描画，多少刺激出他心底的豪情。是啊，既然认定这个理，中国早晚要走市场经济那条道，何不站立潮头，冲他个浪，做一次弄潮儿?!

会犯错误吗？估摸有一点儿危险。唐社长扪心自问，为了自己的信仰，冒风险怕不怕？搞学生运动那会儿，确实天不怕地不怕啊，现在变得胆小如鼠？细细想，几十年的工作生命，转眼消逝，没有做过几件值得回味的工作，没有什么能留下痕迹的活儿。现在，国家处于重要的转折关口，需要有人站出来做点事情，何妨让我勇敢地担当一次？

唐社长想了大半夜，咬咬牙齿，内心一锤定音，决定对这个选题拍板放行。第二天早晨，刚刚上班，一缕温煦的阳光，从南面的大窗户投进来，把社长室的大屋子照得亮堂堂。老头缓步走到秦副总的桌子前面，他站定了，瘦瘦的身板挺得笔直，笑眯眯地说:"把那份选题报告给我!"他伸出食指,指向了《市场经济常识丛书》的选题单。秦副总还在纳罕的当口,唐社长俯下身子,已经拿过选题单,在上面刷刷地签了字。社长室内各位,包括秦副总,面对唐社长的行动,多少预料不及。昨天主动出击后,秦含对自己能不能说服老头儿,其实并不十分有把握——老头辛苦一辈子,总算坐到末班车了,已经无所求,没有争啥抢啥的必要,何苦犯险呢?牛副总更是觉得意外,他比唐社长小八九岁,调来本社,无须组织明示,显见得是接班的步骤。处于敏感位置,不求大作为,不犯大错误,是天然的选择。秦副总热情推荐此选题时,老唐仔细问过社长室各位态度。牛副总慎重,一口咬定,重大问题,应该听社长拍板。何况,选题是自己女儿提出,牛副总更不便贸然表态。现在,唐社长大笔一挥,批准,尘埃落定。牛副总是又惊又喜,惊是为老唐的勇气,喜是为女儿的出息。那天下班,他回到家,对宝贝女儿说:"鹭鹭,你撞大运,我没想到。老唐会同意冒此风险。红头文件把调子定在'有计划的商品经济',老唐敢让你们鼓吹市场经济,这回像吃了豹子胆!"

在单位里,秦副总已迫不及待给女孩报过喜讯,鹭鹭丝毫不感到意外,她亲热地搂着父亲的肩膀回答道:"老爸,唐社长是明白人!你千万别挡路啊。秦副总到北京去,找有背景的高人,把上面的想法摸透了。大口径变调,明确中国要搞市场经济,正式宣布是早晚的事情。我们抢先一步,立个大功,有啥不好?"

牛副总肚子里嘟囔,"又听秦某人的花言巧语!"牛老爸,向来不赞成女儿与秦含走得太近,对方有老婆啊,在单位里听到风言风语,牛副总就发急。他希望女儿选择郭副总,郭副总年轻有为,最要紧的,是尚未成家立业,算不上什么钻石王老五,也是女儿可以托付终身的好男儿。可恨的是,女儿成人之后,爸妈的话,从来是想听就听,不想听,只当耳边风,甚至扭头就走。只怪做老爸的窝囊,从小宠女儿宠惯了。牛副总在外面威风得很,大伙儿尊重他的资历能力,在家里却奈何不得宝贝千金,常常还要看女儿的脸色行事。正所谓可怜天下父母心啊!

牛副总是原则性很强的干部,唯独对宝贝女儿没辙,只要她往身上一赖,说几句撒娇的话,牛副总的原则性就蜕变为无原则性,想不同意的事情也就点头了。

假如知道会遭遇如此强烈的批评,而且是来自魏书记这种权威领导的批评,魏书记的背后,又可能站着更高层的大领导,当初,社长室内的各位仁兄,比如牛副总这般小心谨慎之辈,恐怕未必会轻松地让此选题出笼吧?

第 六 章

悠悠万事,比较识之。不管是物是人,放一起比较,好坏优劣,容易一眼洞穿。

牛鹭鹭心气高。她早对闺蜜们说过,你们迫不及待把自己嫁了,我不着急,没看得上眼的,我一个人过,自己赚钱自己花,无拘无束,万般自由舒服。

她这话说得有底气。在大学里,她是有名的校花级美女,天生丽质,身材修长匀称,在校舞蹈队里稳居领舞的位置。曾有星探看中她,说介绍她去做时装模特,女孩眼界高,抱负大,觉得走T台虽然是爱美者的梦,终究吃碗青春饭,靠有钱人捧场,没多大出息,嫣然一笑,拒绝了。她性格开朗,上场演出婀娜多姿,千般风采,且才华横溢,在校刊上发表过几首短诗。追求她的男孩子,从本系扩展到其他几个系,悄悄给她写信的,没法计数。她落落大方,又懂得做人,不想搭理的,就把那些信撕了悄悄丢掉,不像有的女孩娇柔做作地声张,让写信者尴尬。所以,追求她的男生,追不到,依旧暗地里奉她为女神。同学中夸张的说法或者尖酸的说法,她的垂涎者、追求者,能编两个连乃至一个营。她竟然没一个看上眼。她对闺蜜说过,现在的男同学,怎么全像刚断奶的娃娃,幼稚!从小学到中学到大学,最后读研,她一直以学霸闻名,班级里不是第一,也掉不出前三。男同学想超过她,难于上青天。父母把她宠得像公主似的,家里,朝南的大房间是她闺房,父母心甘情愿住朝东的偏房。让她唯一不如意的事情,是祖辈的姓氏。她的模样,她的气质,无论如何也和粗壮肥胖的牛扯不上关系啊!她最讨厌的事情,是对她连名带姓地叫唤。知道她脾气的,想讨她开心,就甜甜地称她一声"鹭鹭"。据她的闺蜜说,大一的时候,她情窦初开,不喜欢同龄的男生,倒是暗恋一位年轻的讲师,一个长相俊秀的白面书生。偏偏那小老师不懂女孩心思,遇到需要称呼的时候,讲师总是干巴巴地叫着"牛鹭鹭同学";鹭鹭噘起嘴巴不搭理,他好不知趣,继续大叫大嚷地喊"牛鹭鹭"。课堂上这么称呼也罢,偏偏在路上遇见,鹭鹭想与他说几句近乎的话,他依旧一口一个"牛鹭鹭同学",气得姑娘渐渐由爱生怨,又没机会发泄,干脆逃课。逢到那讲师上课,她就找种种稀奇古怪的理由逃课,逃之夭夭,眼不见心不烦。那片微妙的情愫,自然无疾而终。

出版社里的好事者,拿郭道海与她开玩笑之初,鹭鹭确实怦然心动,说的人多了,她不由自主地认真考虑起来。郭道海是青年编辑中的佼佼者,自然不属于她瞧不起的"幼稚"之列;郭道海已经到了编辑室主任的位置,眼见得还有更好的前程,学术上也拿得起,出版过研究元曲的专著。至少,学生时代,女学霸没有遇见过如此优秀的男生。综合衡量,对老大不小的女硕士,也是难得的机会了。鹭鹭尽管孤傲,到这年纪,春心难免,夜里独坐桌前,见明月高照,窗前柳枝摇曳,有时未免因孤独而黯然神伤。"高处不胜寒",女孩优秀到出类拔萃,没有人敢(能)追求,嘴上说不在乎,内心还是有说不出口的哀怨。因此,鹭鹭没有拒绝同事们的好意成全,半推半就,在几个月的时间中,渐渐与郭道海越走越近。牛爸那时尚未调入本社,从别处风闻消息,心中暗喜,也主动敲过边鼓,在家里饭桌上与牛妈一唱一和,屡次夸奖郭道海,说他是行业中青年编辑的尖子,将来必成大器。鹭鹭何等冰雪聪明,晓得父亲话中有话,不接口,也不表示兴趣,只是一百个装傻而已。

  接触多了,彼此间的了解,自然与做一般同事两样。有很多情形,距离远时,某个人看上去非常出色,贴近观察,细枝末节的毛病被放大,就不太美观了。鹭鹭发现,郭道海的名字很大气,脾性却有几分乖离,似乎显得小家子气。怎么形容呢?说好听点,是书生脾气,是迂腐味;尖刻点,就是胸无大志,只求在书本中安顿生命。鹭鹭试探过他,假如遇到好机会,是否欣赏李太白的仙风道骨,能有"长风破浪会有时,直挂云帆济沧海"的气概?郭道海听着，竟然连连摇头，不置可否。鹭鹭继续追问，他躲闪不得，才淡淡回答，人各有志，几千年，能成就到李白一般的，有几多人？况且李白的人生，并未像他的诗歌般浪漫，也曾趋炎附势，委曲求全，他有两句传得很广的文字，"生不用封万户侯，但愿一识韩荆州"，其实是李白对朝中权贵的阿谀奉承。因此，他不愿活得太累，在人世间，功名心重，多半逃不了趋俗，没多大意思，有好书读，就是大快活。郭道海的回答振振有词，却让姑娘深深叹息。鹭鹭知道，郭道海的父亲和祖父均是教书的，祖父教小学，父亲升一级，教中学。看样子，基因厉害。郭道海的志向，再升一级，也无非是到大学里教书呗。鹭鹭未免联想到那位大学讲师，大一时自己曾经暗恋过的白面书生。据说，他已经获得副教授头衔了。鹭鹭暗地关心过，知道他娶了一个本校毕业的女生，一个姿色和学识平平的女孩，据说，女孩最大的优点是烧一手好菜，两人的小日子，其乐融融。鹭鹭听罢冷笑，不以为然。胸无大志，即使升到正教授，又有何稀奇？现在的教授，多如牛毛，殊不知，被人挖苦为"叫兽"？幸亏，当初的暗恋，无疾而终，当年英俊的讲师，说到底，不是鹭鹭的菜。

　　鹭鹭的两个闺蜜均自称是改造先生的好把式，平时聚在一起喝茶，闲聊起来，说得天花乱坠，春光无限。结婚前，先生在父母宠爱下，大多懒懒的，没有上进的狠劲；新婚之后，被妻子掌控，连哄带骗，于是乖乖地奋发起来，有一位边工作边考博，另一位则迅速地挺进到处级行列。闺蜜们私密时刻说的悄悄话,让未婚的鹭鹭深感诧异:江山易改,本性难移,大男人那么容易被改造?闺蜜嬉笑着回答,重奖重罚啦。"奖?罚?怎么个尺寸?"鹭鹭不解。闺蜜凑到她耳边,诡异地笑着,低声说了几句私房话。鹭鹭到底未婚,听罢,霎时满面绯红,她一把推开闺蜜,不想再嬉笑下去。回家后,想想自己的心事,万般犹豫。即使有闺蜜们的奇门怪术,她依旧没把握,郭道海表面温和文雅,细究起来,内心却挺倔,看样子,要让他不做书呆子,干一番出头露面的事业,难于上青天啊——

按鹭鹭的想法,过去,中国社会一潭静水,年轻人想奋发有为,亦无冒尖的机会。眼下,改革浪潮汹涌,有本事的年轻人,绝对不该窝囊虚度,毕竟时光易逝,青春不再。郭道海搞元曲或者研究明清戏剧,终究是游离在社会主流之外。鹭鹭的专业,硕士拿的是心理学,现在已经决定转向,研究经济学了,至少集中精力编辑经济学方面的书籍,为中国的发展做点不大不小的贡献。鹭鹭想,假如本来是无用无才之辈,倒也罢了,既然属于高智商行列,总要对得起老天给自己的天赋。她把本社两位青年才俊比较一下,立刻看出了高下:秦含,正规文凭学历不过本科,心气之高,写在脑门上,他交友广泛,更有众多京城里的精英朋友,消息灵通,在选题开拓方面常有惊人之举;郭道海呢,案头功夫好,做的大体是小众的学术著作,编辑的书卖上三千本算不错了。社内同仁,有的欣赏秦含，有的赞誉郭道海。在鹭鹭看来，秦含的前程难以估量；郭道海么，一眼可以看到底，终其一生，再努力，也就与自己的牛老爸差不离，不上不下、不高不矮的出版文化人一个，看到头了。

可惜的是，秦含早就结婚成家，妻子还是个将军的千金，旁的女人对他没啥盼头。鹭鹭曾经愤愤地对闺蜜抱怨，好男人，为什么都结婚那么早?! 闺蜜猜出她心事，善意告诫，你如此优秀的条件，千万别对已婚男人动心，还是找未婚的实在；有家室之累的，再优秀，终究麻烦。

鹭鹭听着心闷，快快不乐。听到这话的时候，秦含已经不断向她示好，明里暗里，对她诸多关怀照顾，特别是让她策划《市场经济常识丛书》，这是难得一遇的耀眼选题啊。秦含的关心与进攻，终于让她怦然心动，渐渐把持不住自己。她想，已婚的男人，假如是百里挑一千里挑一的优秀者，就不能争取他转身吗？就算是搏一把吧，她相信自己的能耐。

第 七 章

这天的晚餐,本来约在新锦江饭店对面,一间小小的不起眼的中餐馆里,鹭鹭吃过那里的菜肴。对她这样挑剔的食客,美味值得记住并且还想再进去一趟重新品尝的店家,并不是很多。秦含说,为了庆祝他们共同策划的丛书大获成功,市场销售已经突破千万码洋,他请客,两个人私下的庆功宴别有滋味,可以暗自嘚瑟一下。鹭鹭当然开心,特意提前下班,回家精心打扮过,准备出门赴约。不料,还没离开家门,秦含竟然一个电话追到牛家,让鹭鹭非常意外。鹭鹭不喜欢在家里接听秦含的电话,惟恐被父亲察觉什么,又会唠叨不停,说什么姑娘家要矜持点,有妻子的男人不能走得太近等等,反正是些老得没牙的话。此刻,事情有点紧急,秦含不得不马上联络她。好在家里只有鹭鹭一人,他把时间掐算得精准。秦含说,唐社长突然通知,下班时开紧急会议,并且不得用任何理由请假。鹭鹭心里咯噔,以为今晚的约会泡汤,不乐意地嘟囔,什么了不得的事情,不能等明天上班吗?秦含回答,具体内容不清楚,好像是有重大情况通报。秦含知道鹭鹭不开心,婉转地道,如果她等得起,何妨在新锦江附近溜达逛街,那一带,有趣的小店铺多,会议结束,他立刻赶过来。鹭鹭不愿放弃期待中的美好夜晚,当即表示,她会在新锦江大堂里喝茶听音乐,秦含过来时,去那里找她就是。

　　落成不久的新锦江是上海新添的一景,高高矗立在最热闹的地段,淮海路瑞金路一带。那里,原来最著名的场所,是锦江饭店,曾经下榻过多国元首。新落成的这家,没有悠久的背景值得夸耀,但是,它新啊,并且装饰现代化,这就是最大的优势。富丽堂皇的大堂里,始终荡漾着轻松优雅的音乐。鹭鹭独自坐在沙发座上,身板笔直,脸上保持着高傲而冷漠的神情,一副"别打搅本姑娘"的腔调,这是有魅力女孩的自我保护。从十七八岁出落成美丽女孩开始,鹭鹭无论是走在街上,还是逛商场或公园,碰到无聊男子的骚扰,次数无法计算。独自在外时,她习惯性地显出冷若冰霜的姿态,以减少麻烦。她一边欣赏大堂里的音乐,一边慢悠悠地品茶,头微微扬起,倚靠着沙发的高背,目光茫然地在空中徘徊,想着女孩子永远理不清头绪的心事。

　　时间在音乐的旋律里消逝。远远看得见旋转大门的玻璃。

玻璃之外的市景，从黄昏的薄暮，演变为夜的黑沉。她焦急起来，希望快点发现等待着的身影。有一次，门口飘然而进的男子与秦含有几分相似，待走得近些，姑娘又失望起来，分明不是他。

鹭鹭等得心乱，等得心烦，伸长的脖颈很酸，她干脆放弃了向远处的张望，捧着玻璃茶杯，低头小口抿着红茶，那茶不错，续过水，依旧香醇。她反复猜想，唐社长突然召开的紧急会议，到底是什么内容？难道是传说中的老唐要交班？仔细想想，又不会，那是大事，组织部门会安排好程序，正儿八经地宣布，不会匆忙地临时召集会议。

鹭鹭烦躁起来，要等到什么时候啊？好端端的一个约会，一段夜晚的美好时光，就在无聊的等待中被糟蹋了？

有人在鹭鹭的肩膀上轻轻拍了一下。冥想中的女孩被惊吓到，浑身一抖，捧在手中的茶杯晃荡着，茶水差点洒出来。鹭鹭羞怒地抬起头，刚想责怪鲁莽的侵犯者，却看见了她久等不来的男子。秦含笔挺地站立在沙发旁，居高临下，笑眯眯地打量着女孩，"等急了吧？"他温柔地问。

一见秦含，心中的怨气不由散了许多，鹭鹭嗔怒道："你们开什么鬼会议，那么马拉松！等得我饿坏了！"

秦含见姑娘要起身，殷勤地搀扶一把，托住她细嫩的臂膀，"怪不得我啊，会议是唐社长掌握时间，你爸现在也没到家吧，我当然心急如焚,离开会议室,飞一般过来!"接着,又补充道,"我也饿了,走,去顶上旋转餐厅!"

"对面的中餐馆呢?"鹭鹭疑惑地问。

"早过了预约时间。没我们位置了。"

"这里的自助餐,很贵的。"鹭鹭犹豫道。今天说好秦含请客,她不想让他多花钱;再说,楼顶的旋转餐厅,让她未免产生不太愉快的联想——

秦含没注意女伴的神情,顾自转身要走,并轻声说:"这里人流快,眼睛太多,我们不要久待。"他警惕性高,不愿意有同事看到他俩的约会,免得又是没完没了的传闻。

新锦江的旋转餐厅在高高的顶层,刺进了天空的夜幕。据说,那硕大的旋转体,要一个来小时才转一圈。你在上面用餐两小时,夜上海的风景,能三百六十度扫视两回。不过,肯花上每位几百元去吃一顿的,大体不是为了看城市夜景。从高处俯瞰,灯光点缀的城市,无论东南西北,各个区域大同小异,硬找差别,主要在于光线的明暗。多看几分钟,眼睛便感到疲乏,兴奋感就渐渐退潮。

鹭鹭在秦含对面坐下,把外衣脱了,露出粉红色的毛衣;这个环境,不辜负她出门前的精心打扮。餐厅的灯光明暗适宜,客人们四散在巨大的玻璃窗下,小巧的餐桌,白色的台布上,摆放着铮亮的刀叉和高脚的葡萄酒杯,客人们优雅地吃着,小声地说着,文雅的谦谦君子和淑女居多,互不干扰。秦含的目光迅速扫视四周,确定没有发现熟悉的朋友,方才心下泰然。他体贴地说:"饿了吧?你别动,乖乖坐着,我先去转转,为我们拿些吃的。"

秦含的殷勤,让鹭鹭很享受。书呆子郭道海,不太懂如何讨女孩喜欢。这家大酒店还在试营业期间,前一阵,郭道海和鹭鹭接触相当密切时,郭先生时尚一下,曾请女孩来尝鲜。当时,在这个新鲜的环境中,两个人比较拘谨,各自去餐桌前看看,随意往盆子里装点吃的东西。鹭鹭矜持,只挑了没几样小菜,甚至不好意思多取些心爱的海鲜和甜食,就回到位置上落座,面对同样矜持的郭道海,天南地北,有一搭没一搭地闲扯。刚才,秦含提议到旋转餐厅,鹭鹭稍有迟疑,是突然回忆起那个夜晚的故事。正是在那次约会中,鹭鹭吃着花色水果,细心问及郭道海的人生志向,郭道海模棱两可的回答让期望很高的女孩顿时感到失望。也许,两个人最后分道扬镳,正是发端于那个在旋转餐厅聚会的夜晚。

女孩的回忆,被男士的回归打断了。秦含端了两盘丰盛的吃食,踩着弧形过道上的红地毯,兴冲冲走回来。扁平的大盘子里,放着水果、蔬菜,还有烤鸭和喷香的烤肉:那肉烤成深红色,淌着油亮的肉汁,熟而不焦,正是鹭鹭喜爱的味道。"来,我们都饿坏了,先填一填肚子。等会再去拿鱼虾!"秦含温情地说。尾随他身后的服务员,端着橙黄的果汁,小心翼翼地放到桌面上。杯里的果汁稍稍晃动了一下。餐厅在旋转中，转得稳重缓慢，如果不是仔细分辨大厦下面的夜景，你几乎感觉不到它的移动。

鹭鹭确实有些等不及。前面的两三小时，尽喝茶，饥肠辘辘。甜甜的饮料从喉管流进去，浇灌了枯燥的心田；散发出清香的烤肉，被大口吞咽，压住了饥饿的凶猛。面对面的两个人，猛吃猛喝一阵，终于缓过劲来，开始感受亲密交谈的趣味。

鹭鹭噘起樱红的小嘴，嗔怪地问："出现哪门子紧急情况啊，下了班，唐社长还要开会？"

"不是好消息，不是好消息！"秦含重复着短句，又朝嘴里塞了块香喷喷的烤鸭，十分懊丧地道，"我们想庆祝丛书的销售大获成功，谁知道，祸从天降。"

"祸？"女孩吃了一惊，"出什么事了？"她心里一紧，着急地追问，对准水果刺下去的叉子，停止了运动，悬在盘子上方，晶亮的双眸，盯住了桌子对面的先生。

秦含左右四顾，坐在餐桌前的男男女女，顾自品尝美食，低声交谈。他确信没有旁人注意到他们的谈话，才轻声解释道："局里有正式批示下来，是魏书记亲笔批文，其中的语气吓人，说我们的丛书方向有大问题，妄图挑战国家的基本战略。"

鹭鹭一听，不由得花容失色，她晓得魏书记在行业内的权威，基本是说一不二，"怎么可能呢？你去北京，明明把情况摸得通透，上层基本达成共识，搞市场经济，是既定方针啊！"

社内，大伙只知道是鹭鹭策划了丛书选题，女编辑思想超前，有胆魄，而秦副总慧眼识珠，是选题的坚定支持者。其间奥秘，背后的演绎，只有他们俩最清楚。起初，是秦含从北京朋友那里听到风声，晓得了上层讨论的秘密，关于经济体制改革的争论相当激烈，反对搞市场经济的仅是少数，落了下风，所以，离开折腾几十年的计划经济，摆脱苏联模式，走全新的发展道路，对中国而言，是早一天或晚一天的事情。目前的提法，"有计划的商品经济"，在理论上是模糊不清的，属于过渡性质，不过是笔杆子们想出的权宜之计，为各方妥协的产物。秦含探明消息后，来劲了，觉得要做点大动作以配合大趋势。他授意鹭鹭，搞一份出版市场经济丛书的设想，让她抢个头功。从策略考虑，秦含觉得由鹭鹭出面合适。唐社长老谋深算，谁知道他是啥态度？秦含在一旁敲锣打鼓，比自己直接拿出选题回旋余地大，更加主动。当然，一箭双雕，给要强的姑娘一份大礼，让她建功立业，比送她一堆名牌香水更能赢得芳心。鹭鹭听罢秦含的分析，觉得他的想法有高度、有前瞻性，是一炮打响的机会，千载难逢。她也就不客气，没有犹疑推脱。他们的关系亲密起来，这套书的策划，是一个重要的契机。男女之间，一旦有了彼此心知肚明的秘密，需要对外人防守的秘密，关系就开始有点说不清楚。在商讨丛书细节时，他们分析过可能遭遇的挫折，做好了思想准备，不怕经历大风大浪。秦含说，做开风气之先的事情，跋山涉水，筚路蓝缕，千折百回，在所难免。因此，两人间又有了共同经受风险的战友的意味。丛书投放市场之初，他们曾经提心吊胆，惟恐哪里冒出个厉害的大批判。后来，媒体正面介绍的文章不少，书店销售更是见好，乃至到了热销断档的程度，学界理论界传来一片赞誉声，他们才松了口气，以为难关已过，前途一马平川。现在，突然被魏书记一闷棍打下来，事情未免有点突兀，感觉是祸起萧墙。

秦含见鹭鹭受到惊吓，顿时产生几分怜香惜玉之心，男人么，逢事总要多担待，他努力显得轻松地笑笑，宽慰她道："魏书记的批示，也许只是心血来潮的想法，未必真有什么大的来头。我会马上打听清楚，你不必紧张。"

鹭鹭抿抿嘴唇，轻声道："我不过是普通编辑，天塌下来，也压不到我。我是担心你啊！你正是发展的好时候，怕会影响你的前途。"女孩贴心地说，抬起明亮的双眸，深深地望了对方一眼。

秦含听姑娘这么说，不由平添几分感动。他把她视作红颜知己，当然还是情人，算选对了。鹭鹭美貌智慧，仅仅是这些，还不会让秦含如此倾心；秦含的事业，处于蒸蒸日上的当口，青年才俊，身边"粉丝"不少，能被他看重的却凤毛麟角。鹭鹭非但能干，而且敢作敢为敢担当，骄娇之气少，心气眼界高，能成为事业上的好帮手，才特别得到秦含的欣赏。秦含的妻子，那个刚刚被他送到国外去的将军的女儿，在颜值方面，丝毫不输于鹭鹭，至于能力、见识等诸多方面，就没法比较了——

秦含见女孩在仔细观察自己的神情，赶紧收回飘荡的思绪，安慰她道："没问题啊，我相信自己的判断。做这个选题，即使遇到疙瘩，一时的麻烦而已，最后终究错不了。再说，我上面还有唐社长，老资格，老革命撑着啊！"他自嘲地一笑，"你老爸也是大伞一把，看在宝贝女儿做责任编辑的份上，他会帮我们说话！他在出版业也是老资格啰，局里器重他，说话有影响。贵人很多，我们就不用担心啦。"

"我爸没多少分量！碰到大麻烦，脚骨肯定发软！"鹭鹭直率地说，"唐社长倒是值得信赖。他见过的世面多，还是敢担当的人。"

秦含的内心并不像表面那么轻松，那份批示的口吻相当严厉，秦副总尽管见多识广，还是给镇住了。但是此刻，他不想详细重复批示的内容，倒不是出于保密的思考，而是觉得说亦无用，顶多让女孩更加紧张害怕。他也懒得告诉鹭鹭，女孩认为敢担当的唐社长，在这个严峻的时刻，躲到一边，住院检查身体去了，让她的老爸挡在第一线。唐社长的举动，在秦含眼里，分明是避风头。秦含想，指望别人靠不住，还得自己拿办法。他已经做了决定，明天就飞去北京一趟，找朋友们打探最近的风向。

他端起果汁，笑着说："我们不唠叨这个了。今夜难得好时光，以此代酒，祝福我们，涉难历险，胜利向前！"

鹭鹭爱听他的嗓音，厚实的男中音，带着青春豪情的韵律。她当然不愿愁眉苦脸地打发良宵，便莞尔一笑，优雅地举起了杯子。

两只铮亮的玻璃杯,在灯光下轻轻一碰,发出清脆的声音。

旋转餐厅,刚好转到有月亮的一侧。柳叶形的弯钩,挂在巨大的玻璃窗外,皎洁的银色,射进优雅的餐厅,投向正在碰杯的两位,先生和女孩的双目相对,视线碰撞,闪耀着动人的神采。

第八章

　　早饭过后,唐社长独自坐在华东医院的病房里,一缕晨光,穿过薄薄的窗纱,投射到他缺少毛发的头顶。屋子里,眼下只剩下他一个。同屋的病友,做检查去了。他得以安静地读书。

　　很久很久没有如此清闲了。每天早上起床,在家里吃泡饭酱菜的当口,社内各种杂事会自动浮出水面,蜂拥而至,败坏了胃口。上年纪之后,他重新喜欢泡饭配搭酱菜的早餐,常吃不厌;至于面包奶油,年轻时百吃不厌,现在,则吃一顿就腻,胃里还难免泛酸。医院的早餐倒是不错,既有面包牛奶,也有稀饭和酱瓜可选,选中式的吃,符合唐社长目前的肠胃。

　　检查身体,而且要全面彻底检查,确实是医生早就提出的要求。唐社长决定住进来,倒不是为了逃避眼前的麻烦。他心里清楚,是祸躲不开。作为一把手,躲到医院里,就能太平无事?未免想得天真。按照唐社长的经验，这一回，魏书记批示的语气如此严厉，并非一般的官腔。说什么"影响舆论"、"挑战国家发展方向"，那是在政治上扣大帽子，有一棍子打闷的意图。如果魏书记人在本市，唐社长肯定忍不住，早就把电话打过去，希望当面谈谈清楚。现在，那位老兄在南方养病，虽然可以从局办查到他目前的联系方式，不过，把电话打到魏书记的养病处，唐社长觉得不合适。魏书记在党内地位高，是随军队解放上海的南下干部，他甘心做文化界的工作，委屈了，一个局党委书记的职务，其实不能反映他的能耐。他的许多战友，甚至当初比他位置低的，目前在省部级的相当多。魏书记本来在养病之中，突然杀回马枪，丢出如此高调的批示，显然是看清了上面的态度，用这个案例来教育众人。唐社长打电话过去争辩，显然冒失了，他得仔细想想，三思而后行。

总之，从魏书记批示的口吻分析，《市场经济常识丛书》的麻烦肯定是大麻烦，天大的麻烦，绝对不是一朝一夕能挡过去的。首先，本市出版局的处长们肯定会看作大事，前来督促落实批示的措施。是不是还会惊动其他部门，老唐一时还拿捏不准。因此，他得赶紧抓空档，趁事情尚未铺开，先把身体给查清楚了，该治啥抢着治了，后面可以集中精力应对复杂局面。再说，这个当口，让牛副总在第一线处理事情，也正好观察一下，局党委给他准备的接班人选，遇到重大考验，是否处置得当啊。

第一天住院，老规矩，一早是抽血。护士跑来，连抽五玻璃管，确实是全面检查的架势。医生认为，长期心脏不舒服，加上经常发作的严重偏头疼，在他这个年龄，均是身体的全面警告。同屋的另一位老先生，比他早两天住进来，好像也是心脑血管方面的病症，血液是早查过了，现在去做脑部CT。那位老先生离开后，护士们来过一回送药，随即，屋子里安静下来，静得可以听清墙上挂钟的走动。正好，唐社长可以读书和想事情。

　　检查身体的单子，医生前两个月就开出，唐社长本来犹豫不决，手头事情一桩接一桩，究竟什么时候住院去，下不了决心。昨天下午，看到领导严厉的批示，促使他当机立断。再往后拖，也许就由不得他做主了。他打电话问过医院，知道刚好有床位，所以等紧急会议结束后，让家人准备些生活用品，毫不耽搁，连夜就住了进来。

　　离家之前，他特意和王副社长通电话，询问他那里的情况。电话中，他特别说明，住院不过是全面检查身体，没什么了不起的病痛，因此，王副社长处理丛书的销售，若有任何麻烦，必须随时与他联络。眼下，他最忧虑的问题就是这个，连续印了几十万套的书，一旦明确下架停止销售，各地书店肯定捣糨糊，不管卖掉没卖掉的，都会推脱给停止销售，搞成一笔糊涂账，你哪里有力量去查？何况散在全国各处，查也查不明白，若想收回书款，就是难于上青天了。再说，上面的处分，未必仅仅是停止销售一招，万一使出霹雳手,让出版社停止编辑业务,集中学习,经济上的损失,更难以估量。这样的危险,并非空穴来风。唐社长经历得多,啥没见识过?现在,出版社完全被推向市场了,你经济上垮台,必须自己承担,发不出工资,职工们还不叫爹叫娘!向谁借钱去?银行?大大小小的银行,一家接一家在淮海路排列,嘿,经营好的日子,各家的信贷员追着把钱借给你,说在他那里开户,就是他祖宗。一旦你社里出大毛病,穷得揭不开锅,他们顿时溜得销声匿迹,你就连灰孙子也算不上。这是个大社,二百来号人吃喝拉撒,员工的孩子要读书,退休的老人要关心,作为一社掌门,唐社长丝毫不敢大意。

十点多,做CT的老先生尚未回来,这个检查好漫长。不过,也许做CT后,医生又建议去别的机器上转悠。现在,医院进口诸多先进仪器,不让病人多折腾折腾,买设备的贷款利息也付不出啊,家家有过日子的小算盘,医院自然不例外。在这当口,王副社长闯进了病房,风风火火的样子,打破了室内的宁静;他一脸铁青,给唐社长带来了坏消息。

老王少有地失态,顾不上礼貌,顾不上询问唐社长的体检情况,直截了当报告老唐,大事不妙,社内召开的紧急会议,估计被内部人透露了出去,因此,他按照老唐布置,赶紧回笼书款的任务,遇到了巨大的障碍。

唐社长依然是镇定的，他微皱眉头，挥挥手，示意王副社长别着急，要客人自己拿暖瓶倒杯热水，喝几口，喘喘气，坐下慢慢说。

昨天晚上，社内紧急会议进行的时刻，王副社长坐镇发行部落实书款的回收。方法很简单明了。因为这套书正在热销的当口，凡是想要添货的商家，不管是本地的还是外地的，不管是上门要货还是来电话报数字，一律答复：必须左手交钱右手发货。不仅仅是已经卖掉的书应当立刻还款，新添的书，前提要求，是款到发书。王副社长铁嘴铜牙，这一回，没得商量，统统要现款。做生意么，就看谁求谁。卖家恳求买家帮忙进货，自然得顺着买家的心情办。现在是书店求王副社长给货啊，老王绝对朝南坐。那些商家多数是老朋友呢，请求老王给个面子，高抬贵手，先发货，隔天立刻打款。王副社长丝毫不肯通融。他装出一副可怜巴巴的样子，说这书卖得好，印得多，他进纸张欠了很多钱，纸张公司和印刷厂一起逼债，搞得他变杨白劳啦，被盯得团团转，日子过不下去了，只能请兄弟们立刻拿钱过来救急。王副社长在电话中对一位四川大客户嚷道："你怕啥子，书一到就抢光，你赚大喽，还不肯付现钱？"他这一嚷，发行部的科长科员也跟着学样，中气十足地应付客户，一律是现金交易，叫娘舅大伯也没有商量余地。王副社长的招数很管用，所有的客商，知道这书卖得很火，惟恐自己添不到货，乖乖地把书款打了进来。昨夜今晨，财务报告的进账数据，节节升高，着实喜人。

纰漏，出现在本市的新华书店发行部。他们是本社第一大客户，彼此向来高度信任，书款来往互不拖欠。前几日，对方明确要求再添三五万套热销的市场经济丛书，按惯例，书印出来了，发过去就行。现在，王副社长不得不多长个心眼，根据唐社长的布置，他必须要现款啊！他决定直接联系对方一把手刘主任。昨夜联系多次，那位熟悉得不能再熟悉的老刘，竟然玩起了捉迷藏，先是在电话里打官腔，说有事正忙着；后来，干脆就不接电话，让老王单相思，没完没了地听忙音。事情蹊跷，王副社长心中嘀咕，这小子，难道是在与相好的幽会？他担心夜长梦多，今天一早赶去老刘办公室，守株待兔。上门后，真相大白，并非老刘行为怪异，实则是天机泄露，大事不妙。

王副社长和新华书店发行部刘主任是商业伙伴，又是多年老交情。为了图书销售事务，他俩喝掉的白酒，少说，够装一车斗。惯例，看谁求谁，求的一方，得装孙子，提着好酒上门伺候。今天上午，王副社长带着五粮液进门。大白天，又在办公室，喝是不行的，那酒往桌上一搁，意思全有了：姓王的来求姓刘的啦。没料到，今儿高度数的五粮液，没有让空气暖和起来，双方谈话，针尖对麦芒。

老王不敢掩饰，一五一十，将要点报告给唐社长。

王：老兄弟，非要我堵在门口才接见？

刘：嘿嘿，你的脾气我不清楚？姜太公呗，向来稳坐钓鱼台。带酒啥名堂？用得着兄弟啦？看你心急火燎，必有妖术。

王：你看，你看！好心不得好报吧？你不是说我们的丛书卖火了，脱销了？我赶紧又印一版，当然首先想到刘主任你！

刘：不错，够交情！是我要谢你，我买酒敬你才在理！那你快发货啊，让你手下与我手下对接，一个电话搞定，何必自己急吼吼出马？

王：找到你刘主任，当然有些小要求，当面汇报，酒么，老兄弟下了班喝。求你帮忙啦。我们赶印书，纸张欠款厉害，你把前面的书款先付一点，救救急，如何？你发行部是大财主，手头资金流水般哗哗，帮个忙不成问题！

刘：我说，有妖术吧？我们的合同，历来半年结账，你着急上火，到底为啥？

王：嘿，多心了！不就是让你照应照应，早些结账吗？

刘：哈哈，没有说真话！没有说真话！就算你一时糊涂，你们唐社长一清二楚！你回去问问，唐社长昨天不是还开了紧急会议？

王：你是千里眼，顺风耳？我们社里的事情，你怎么晓得？

刘：这个么，暂时保密一下，反正我知道了，你紧急追书款，对兄弟不说真话，心术不正啊——

话说到这个地步，王副社长无计可施，他料定本社出了吃里扒外的家伙，把昨天紧急会议的情况给透露出去了。他顿时六神无主，也没有人可以商量。找牛副总？尽管唐社长拜托老牛主持社务，王副社长压根儿瞧不起那个软不拉几的老头，他懂经营？笑话，连报表横看竖看也弄不清。离开新华书店发行部，王副社长径直跑到了华东医院，找唐社长讨救兵。

老唐听罢，心里不免兀自一惊，怎么会呢？昨天的会议，除了秘书小李，就是社长室几个。除非新华的老刘安装了窃听器，否则，如何探到消息？昨天下午，老唐特地问过局里，知道魏书记的批示是从他的养病处传真过来，局长看了，没有吱声，就让办公室给唐社长直接转过来，连下面的处室也没有看到。显然，局长觉得批示口气非常严厉，暂时不愿声张开去。至于紧急会议，是本社一级机密，消息是怎样走漏的？

唐社长见副手直愣愣盯着自己，便说："先不管老刘如何知道，你估计一下，对书款回笼影响多大？"

王副社长说："我一路上就在想这问题。老刘一时半会不至于透露消息，毕竟是老把式，知道利害，不会做小喇叭，顶多就是他那里不肯付款。他已经拿去的是五六万套，二百来万码洋吧。"

唐社长在心里过过账。二百万码洋回不来，是一百二十万左右的书款。虽然不是小数，还不至于压垮本社。另外，毕竟是新华书店，一个系统的，今后催催，多少能要回来部分，不像外地书商，一旦断线，连影子也抓不住。他沉吟着说："老刘那一头，先搁起来吧。书款要不到,新书也不要再发给他们。其他方面,你按既定方针,抓紧做下去!"

王副社长回答道:"请老领导放心,我会抓住时机,落实到底,尽量减少大的损失。"他喘口气又道:"我心里气愤的是,在这个节骨眼上,社长室内,竟然有人做叛徒!"

唐社长面露苦涩:叛徒?话说得难听,不过,一针见血。在这个风雨欲来的时刻,谁能干出如此不知轻重的勾当?"你想想,消息如何走漏?老刘有没有透露蛛丝马迹?"

"老刘狡猾,口风紧得很!"见唐社长发问,老王把心中反复纠结的谜底抛了出来,"我想,只有一个可能,是郭道海,郭副总说了出去!"

唐社长知道,老王与郭道海关系不好。郭道海管辖的部门,一直做学术专著,在市面上卖不动。王副社长公开说过,要都像郭副总的选题,全社男女只能喝西北风。郭副总不服气,说他们的书虽然不畅销,但是能长销。两方面互相埋怨。一个称选题不对路,另一个指责销售不用心。平时有意见也罢,此刻把透露秘密的大帽子扣给郭道海,未免不厚道。唐社长摇摇头,"郭副总不是那样的人,你瞎想吧!"

"我有根据!"王副社长理直气壮,"秦副总是主要当事人,不会拆自己台吧?老牛,他的女儿是丛书责任编辑,也没有理由捣乱。秘书小李,素来老实谨慎,绝对不会生事。你想,还会有谁?"

老王的分析不无道理，不过，因此判断是郭道海的作为，依旧显得生硬，证据不足。唐社长连连摇头，"你想多了。郭道海是书呆子，从来不沾酒，他与那个老刘老酒鬼不认识吧？搞不到一块。"

老王叹气，"怪我多事啊。前不久，我把他介绍给老刘，让他去给发行员们讲课。他做的书卖不动，让他自己吆喝去。这样一来，他们就热络上了。"

唐社长略一沉吟，"唉，一个班子共事，没根据的猜疑，伤和气！"

王副社长不肯罢休，"我再三盘算，就他可能性大。你威信高，没人敢在你面前说三道四，就听不到社里的八卦。其实，大家心知肚明，郭道海与牛鹭鹭本来是好好的一对儿，不知哪根筋搭错，秦含糊涂，横插进去，把好事搅黄了。郭道海心里难道没有怨愤？男子汉么，最忍不了这口气！现在遇到秦含的选题倒霉，他在一旁幸灾乐祸，人之常情吧——"

唐社长摆手，有些生气地打断了对方的论证，"不说了，你抓紧处理卖书收款。刚才的想法，千万不要再嚷嚷。目前，班子必须高度团结！"

王副社长见老领导发脾气，悻悻地刹住话头，"放心，放心，我在外面，一个字不提！"

王副社长不敢长时间打搅，站起身子，准备离开。他到了门口，停住脚步，又回过头来，看着老社长，"这个，我在想——"

他吞吞吐吐，欲言又止，"不说了，您安心养病，我去处理！"

"什么事情啊？"老唐觉得稀罕，这个助手向来心直口快，很少见他扭扭捏捏的模样。

"不说了，真的没啥要紧事，您休息治疗要紧！"王副社长说罢，赶紧抽身走了。

看着老王离去的身影，唐社长的思绪纷杂起来。王副社长的神态，表明他还有心事没有说出来。不去管他了，有啥麻烦，老王的能力足够应付。唐社长的内心，被来访者搞乱了。早上，验血后短暂的轻松心情，已经消失得无影无踪。看来，他希望有几天的安静，在迎接更大的困难之前调理一番身心，仅仅是一厢情愿。

刚才，王副社长振振有词的分析，被老唐断然喝止，并非简单的反感，恰恰相反，是被那番论证、推理的逻辑所震撼。老王的话，言之成理，只不过唐社长在情感上难以接受，他不愿听下去，就生硬地掐断话头。郭道海，是唐社长多年细心培养的新秀，在文化学术根底上，本社怕无人能超越他。面对眼前的危机，如果他竟然做出不可思议的小动作，太让老唐伤心。

老王的脚步声在走廊上消失，唐社长的心思却难以安宁，继续纠缠在刚才的疑问上。确实，从逻辑上分析，能把紧急会议的内容泄露出去、让王副社长回收书款遭遇麻烦的，不会是利益攸关的秦、牛二位，也不会是老唐充分信任的小李。小李这个秘书，部队转业出来，服役时，做的就是保密工作，从来不多说闲话。编辑们想打探社长室的选题动态，从他那里听不到一丝口风，连年轻的女编辑使"美人计"，在他面前撒娇，他也丝毫不为所动，至多笑笑，王顾左右而言他。

没有别人知道情况啊！莫非真是郭道海？关于郭道海、牛鹭鹭、秦含三位的八卦，唐社长并非没有耳闻，仅仅不喜欢搭理这类传闻。年轻人的事，只要不影响到工作，他才懒得去管。难道郭道海为了出气，拿社内的大事玩手段？唐社长实在不敢相信！郭道海是他所看中的业务尖子，未来发展相当可观，人品好，也是平时公认的，会一时糊涂至此？

凭老唐的政治阅历，他预感到一场暴风雨的临近，围绕那套丛书的风波，不可能轻易过去。在考验来临之前，班子内部搞得稀里哗啦，那就不堪设想！也许，他业务抓得多，和各位思想交流少，对年轻人肚子里的弯弯绕，一点儿也不知晓。想着这些乱七八糟的事情，唐社长坐不住了。他还能够在医院里安静地检查身体吗？

第 九 章

　　快到午餐的时候,餐厅已经飘出饭菜的香味,那香气从走道上慢慢地飘向大门,门卫们有点按捺不住,开始从抽屉里拿出饭碗,打开热水瓶烫碗。太阳高高地悬在广玉兰的树梢,阳光把门厅照耀得闪闪发光,这个时候,姗姗来迟的鹭鹭,才慢悠悠地走进出版社的大门。

　　今天,她到单位晚,有不便明说的特殊原因。昨夜睡得很不踏实。颠三倒四的梦境,无情地戏弄着女孩,不止一次,她在梦里伤心地掉眼泪。醒来,枕头上湿乎乎,应该是被泪水润湿;坐到桌子前面,照照镜子,吓一跳,眼圈又肿又红。她不敢立刻出门。她知道自个儿颜值高,跑到任何地方,均处于炯炯的目光之下,因此,对形象要求得相当苛刻,稍有差池,绝对不肯示人。挨到十点多,双眼的红肿消退得不很明显了,她才款款地朝单位走去。

门口,传达室熟悉的老头儿递给她一个封得严严实实的信封,说是秦副总留给她的。老头儿眯缝着双眼,诡异而善意地微笑着说:"我帮你管得牢靠,谁也不让看。"鹭鹭知道老头话里藏话,装作听不懂,只是一个劲地感谢。她在单位里人缘好,对厨房里的阿姨、门卫室的工友向来客客气气,愿意帮她忙的人就多。餐厅打菜掌勺的阿姨见了她,总是按她的口味,给她挑不肥腻的肉,或者把青鱼刺少肉厚的中段放进她的碗里。

秦含用这样的形式与她联络,也不怕传达室里的人多嘴多舌,让女孩子颇感意外。鹭鹭匆匆跑进自己的编辑室,在属于她的位置上坐定,四下瞧瞧,见同事们纷纷外出吃饭,屋子里没人注意她。她赶紧拆开信封。原来,秦含搭上午的飞机去北京了,临走前,等不见鹭鹭,只好留下一封信,关照她必须处理的重要事情。想到秦含正在高空飞行,女孩朝窗外的蓝天张望一阵,若有所失的感觉油然而生,内心被失落了什么的空虚感笼罩着。今天,其实她很想能见到他,尽管昨天晚上还一起吃过饭,这会儿,又冒出许许多多的话,恨不得马上对他倾诉。

昨夜,鹭鹭睡得非常不安稳,梦境一个接着一个,连绵不断,那些头绪不清的梦,多半也是因为秦含而生。

鹭鹭和秦含吃过晚餐,秦含说累,先行离开,女孩郁闷,独自在淮海路一带逛了很久,逛得两条腿没了气力,支撑不住身架,才不得不打道回府。到家的时间自然早不了,约莫十点半,她轻手轻脚又心不在焉地打开了家门。

父亲竟然没睡,坐在饭桌旁,正等着她。一杯茶,喝成清汤寡水,淡得没滋没味,依旧捧在手中。父亲的习惯,鹭鹭自然清楚,每天早上起床后,他的头等大事,就是泡一杯清茶。喝过两泡后上班,傍晚回家接着喝。不把茶叶味道全部榨出来,不肯罢休。他面露倦色,接连哈欠,显然等的时间不短了。

鹭鹭猜到父亲等她的目的,八成是要谈丛书的事情。父亲对策划这套书,从开始就不放心,说是何必抢风气之先。因为鹭鹭的坚持,再加上唐社长批准放行,才没得话说。现在酿成事端,他还不趁机唠叨?鹭鹭已经从秦含那里知晓情况,懒得再听老爸重复。再说,她一肚子心事,约会后本该甜蜜,偏偏秦含匆匆离开,又滋生许多郁闷,就不想与老爸纠缠,打声招呼,推说今天很累,就想直接溜进盥洗室去。谁知,父亲硬是拦住了她。

"鹭鹭,我有重要话对你说,过来,老老实实坐下!"老爸的声调相当严肃。

父女间,平时很少正儿八经说话。从读初中开始,少女鹭鹭,就讨厌老爸管头管脚,她乖巧,不是硬抗,一般以撒娇或者胡扯应付,让老爸束手无策。今天,牛老爸显然准备正式谈话,脸部肌肉板着,没有一丝儿的笑容,严防她的撒娇或耍赖,双目也藏起了平素的温柔——亲戚们说,老爸看女儿的神情,永远甜甜蜜蜜,像望着小情人;今天明显不一样,换了副面具。母亲从里间跑出来打岔，"哎，你也不问问女儿是不是饿着，急个啥，谈话有的是时间。"他毫不客气地把妻子的话顶回去，"你傻不傻？这个时间了，她还会没吃过？肯定在好地方吃过大餐！"

鹭鹭最烦父母争吵，赶紧连哄带劝弄走母亲，自己回转身，装作乖乖女，在老爸面前落座，"想讲什么啊？我的好老爸！"她用嗲嗲的口吻说。

"怎么回来得这样晚？"

"哎呀，关于这样的话题，我说过多少回了，我不是小姑娘啦，你别盘根问底，行不行？"鹭鹭知道爸又要唠叨什么，抢先撒娇地耍性子，堵住他的嘴巴。

"我不管你社交活动可以，你妈为你终身大事操心，这个不为过吧？"

"我妈操心啥？怕我嫁不出去，赖在你们这儿吃白饭？那就让我交饭钱啊——不是我不交，是妈不肯收！"鹭鹭故意七拉八扯，不正面回应问题。她被老爸宠惯了，撒娇的语气也有些咄咄逼人，并非故意气父亲，是希望他不再提令人讨厌的话题。

"我早说过，你快三十了，谈朋友，正常，非常好，爸妈举双手赞成。不过，你要正儿八经谈，千万别和已经成家的人——"

"你再这么瞎说，我睡觉去！"鹭鹭见父亲坚持旧话重提，心烦至极，立刻不客气地打断，随即站起身来。在家里，她从小是骄横的公主，想耍脾气，就任性胡来。

牛老爸赶紧伸手拦住去路,"你这鬼脾气,老大不小了,就不肯改改?在单位里你也敢如此?"

鹭鹭调侃道:"在单位里绝对不敢,你是社领导,牛社长,牛总编!在家里不一样,你顶多三把手!"

开玩笑时,老爸确实说过,鹭鹭一把手,母亲二把手,他只能委屈一点,当个小三。现在女儿提此说法,让当爸的哭笑不得。他板起脸道:"好吧,我就谈谈工作,你就当是在社长室里谈话!"他愤愤地道,难得在女儿面前摆出威风的样子。

牛副总逼着女儿重新坐下来,开始滔滔不绝地演说,具体介绍社长室紧急会议的内容。他说,这些情况本来无须告诉鹭鹭,尚属于保密阶段,但是,鹭鹭是本丛书责任编辑,因此需要让她及时知晓,有充分思想准备,以应对后面的难题。他语调严厉,明显带着警告,有山雨欲来,大祸临头的感觉。他说的具体内容,鹭鹭大体从秦含嘴里听过,并不感到新鲜,所以毫无被惊吓的神情。她美丽的大眼睛扑闪着,目光飘忽,似听非听。唯一让女孩觉得意外的内容,是唐社长在此紧要关头,竟然要住院检查身体,还让父亲主持工作;听得出,老爸对此特别紧张,有被硬架在火上烤的感觉。这一点,晚餐时,为啥秦含丝毫未曾提及呢?鹭鹭想,难道唐社长害怕了,退缩了?不会吧?鹭鹭素来尊重老社长,知道他曾经沧海,遇事沉稳,敢于担当,老而弥坚;至于自己的父亲,比起唐社长,弱得多,在这个危机突显的当口,他能顶得住吗?——女孩心乱如麻，牛老爸下面的唠叨，她是一只耳朵进，一只耳朵出，基本上没听清楚，直到老爸说得没了精神，父女俩才散伙，各自回房休息。

心绪繁杂，这天夜里必然多梦。

鹭鹭不像一般女孩，并非心细如针的角色；辗转反侧、柔肠寸断，不是她的风格。她心境开阔，不拘泥一时一事得失，因此很少枕间纠缠，苦于失眠。平素，做梦的时候也不多。她习惯在睡前读书，床头亮一盏温馨的小灯，静静地读上半小时，顶多一小时，倦意便浪潮般袭来，双眼渐渐睁不开，醉意蒙眬般迷糊，秀发蓬松，脑袋一歪，安然入睡，常常连床头灯也来不及关掉。多数日子，能一觉安然睡到天亮。她的皮肤白皙红润，白日里神采飞扬，得益于晚上睡得好。俗话说，睡觉是女人最好的养颜，鹭鹭有切身体会，深感此乃至理名言。

这天夜里，大大小小、长长短短的梦，却毫不留情地袭击了女孩。到底做过几场梦，是上半夜繁杂还是后半夜忙乱，梦境纠缠，记不分明。反正，颠三倒四折腾，没有消停过。起初，尚是几段挺美好的情景，与秦含花前月下、杯酒对诗、男音女声、浪漫缠绵；谁知好景不长，紧跟着，诗兴消散，寒风骤起，父亲气势汹汹，蛮横切入，暴跳如雷地驱赶秦含——父亲的凶相，是女孩自幼没有见识过的，吓得她嘴唇发抖，不知所措；在情感混杂的梦境中，白面书生郭道海也来凑热闹，浮出张冷冷的嘲讽的脸，他竟然也会怒气冲天？竟敢把一杯葡萄酒狠狠泼到地面上，那时的场景，隐约晃到了新锦江的旋转餐厅，惊慌失措的服务生赶紧跑过来干涉，抢过郭道海手中的酒杯；接下去，变成唐社长与秦含吵架的场面，唐社长气呼呼地把秦含赶出社长室，高声嚷着，"滚！滚出去！"鹭鹭面红耳赤，拼命冲过去，想护住自己心爱的男士，不料，横道上再次跳出牛副总，鹭鹭的老爸，死劲揪住了她的胳膊，差点把她扯得手臂脱节，疼得女孩哇哇大叫——她大约是被自己的尖叫吓醒，看看闹钟，不过凌晨三点多，硬逼着自己重新入睡，迷迷糊糊，似睡似醒，还是多梦。这些梦境，如电影镜头，时而快放，时而定格，时而倒放，时而又闪回、重叠，混乱得一塌糊涂，让鹭鹭惊吓得奋力蹬腿，把被子踢得乱七八糟，再次伤心地在睡梦里哭出声来。

　　因此，早上醒来，镜子前面的女孩发现了自己红肿得没法出门的双眼。她是极其重视自身形象的姑娘，狼狈的模样绝对不让外人偷窥。她躲在闺房中，轻轻地用温水按摩眼皮，点了清凉的眼药水，耐心等待眼睛恢复常态。直到双目重回春光明媚，她才敢梳妆打扮，款款出门。

　　一路上，她回味着昨夜不堪整理的梦，是福是祸，无从推断。她只能如此自我安慰，别怕，梦境是反的。这句话，还是外婆活着的时候，经常在嘴边唠叨的。

　　秦含留下的信封内附短柬，说他行色匆匆，只能留言说明情况。他飞赴京城，为的是尽快摸清最近的政治动向，上面关于改革的基调有无变化。只有把这个脉搏摸准确，心中有底来应对丛书的诸多麻烦，才能进退自如。他关照鹭鹭做一件重要的事情，即去本社的书稿档案室，把《市场经济常识丛书》的审读、出版的签阅单借出来，并且好生保管，暂时不给其他任何人传阅。万一有社长室的人想要调看，可以推说已经交给秦副总，由他来应对。为了让鹭鹭的借阅手续合法，秦含用本社信笺纸，在上方批了一行字：同意牛鹭鹭同志借用《市场经济常识丛书》的审稿单，请档案室支持。秦含的大名下，落着今天的日期。鹭鹭与秦含心有默契，自然晓得信笺下方空白处，应填写女孩给领导的申请，抬头乖乖地称呼秦副总，并说明借阅的原由，自然是为了有利于做好该丛书的修订重版，等等。填写日期时，女孩稍稍犹豫了一下，本来也想填写当天，即与秦副总批示的同日，又怕聪明的档案室主任看出破绽。万一她知道秦副总一早飞赴北京，而自己是中午方才进社，岂非本末倒置？女孩是细心的，遇事反复斟酌，秦含也向来喜欢她的周全。鹭鹭略加思索，把自己向领导写申请的时间，提前了一天。

　　鹭鹭觉得秦含很看重此事，因此赶紧下楼，到底层的档案间把审稿单提出来。手续完备，自然十分顺利。档案室主任，边吃午餐，边翻出存档，交给了女孩。回到自己的办公室，鹭鹭翻阅着那几页纸张，很熟悉的啦，编书时候留下的记录勾起许多回忆，藏着她和秦含共同的心血。第一页，主体是空白，最上方中间一栏，签着秦含的大名,女孩看惯的字体。秦含谦虚地签在复审的一栏。他既是副总,又兼任鹭鹭编辑室的主任,签复审或终审,均合乎规矩。秦含当时对女孩说过,这套书风险不小,终审一定要唐社长签字,将来出麻烦,多一道保护伞。看来,是他有远见了。终审一栏,唐社长工整的签名,此刻,在鹭鹭看来,特别顺眼。后面的两页,才是鹭鹭的初审意见,和秦含批示的复审想法。

秦含为啥急于调出审稿档案,并且关照不给别人看,像做地下工作似的?女孩一时猜不透他的想法。不过,她习惯相信他,在大事情上服从他,也就无须苦思冥想。等他回来,问一声,自然知道端倪。鹭鹭朝窗外的蓝天望了望,估计秦含的飞机已在北京着陆了,他那挺拔的身躯,也许正随着人流走向机场大巴。女孩心里祝愿,他能够带回对他们有利的好消息,期盼他此行一切顺当。她拿出钥匙,打开办公桌的抽屉,把那沓重要的纸页理整齐,装进大信封,放入抽屉,然后小心地锁住,才赶去餐厅午餐。

第 十 章

午餐的时候，安静的出版社，如风骤然掠过水面，那光滑的镜子上涟漪荡漾，突然就热闹非凡。干活时人少，吃饭时人多。好像哪里均如此。一波波的人流，从洋房正面宽阔的大楼梯，还有背面隐蔽处的窄楼梯，鱼贯而下，直奔底层后面的食堂。那个食堂间，早先该是洋房主人的私家礼拜堂，屋顶高高地隆起，有两层楼那么高，从北墙上半截斑斓的彩色玻璃，还隐约看得出当年礼拜堂的痕迹。编辑们上班是不做礼拜的，有人信仰这个，也是业余时间悄悄在外面操作。这个历史的遗留，遂被合理地改造为餐厅。由于屋顶高，通风相当好，大热天用餐也挺舒服。原先礼拜堂的面积，不过六七十平米，小了些，无法容纳两百来号员工。精心设计改建过，将夹在礼拜堂与主楼间的小院子装了屋顶，当中的墙打掉，连通为大平房；敲墙剩下的三根柱子，被小餐桌环绕，并不难看；整个餐厅，布局显得相当宽敞。偶尔，召开全社职工大会，比如一年一度的总结表彰，或者是春节前的联欢抽奖，也会在此举行。据说，改建的主张，是王副社长上任伊始的贡献，他被唐社长提升为负责经营与后勤的副社长，得有所作为。他亲自跑房管部门，跑规划部门乃至防火安全部门等等，利用他熟悉的种种关系，磨破嘴皮，一个个印章盖下来，才最后搞成功。

临近十二点，是就餐的高峰。出版社的编辑们，从各自的案头伸展躯体，觉得饥肠辘辘，便闻香寻食，直奔餐厅方向。叮叮当当敲碗的，八成是那些进社不久的男孩子，没有改掉在大学读书时的调皮劲，坐了半天椅子，屁股酸疼，需要放纵一下。女孩子优雅些，不会用勺子敲打碗盆，不过，她们脚上皮鞋又高又细的后跟，特别是安上钢铁钉子的，敲打楼梯的声响，同样惊心动魄。王副社长多次跟在后面叫唤，我的姑奶奶们，你们脚下轻一点行不行！这楼梯板上年纪啦，受不了你们的敲锣打鼓！当着他的面，女孩子们会稍稍放慢脚步，总要给王副社长面子呗，敲击楼板的声响自然小许多；他不在场，交响乐照旧。王副社长无能为力，对这些风华正茂的姑奶奶们束手无策，不见得在楼梯口放个交通警？

发菜的台面，紧挨着东墙。午餐属于出版社的福利，员工人手一张蓝色小卡，划卡免费；外来人员记账，记在接待科室的头上。每人一荤一素一汤。汤是大锅汤，没有挑选余地，不过，质量上佳，绝非毫无油水的清汤；素菜和荤菜有两三样可以自由选择。你取了饭菜，自己寻个桌子坐下去吃。不过，在发菜台的正对面，靠西墙，摆着一张小方桌，很少有人去坐。倒不是谁规定此处是头儿们专用，仅仅因为唐社长喜欢坐那里，几个副总也常会去陪他，边吃边商量点事情，人称"社长午餐会"。其实，中国最不讲究级别高低的部门，出版社绝对算一家。清高自许的编辑们，见面时会客客气气称一声"社长"或"总编"，心里却未必把他们看得有多么高。所以，哪位编辑有事情要商量，也会端着饭菜，径直走到"社长桌"旁，一屁股坐下去，扯开嗓子就讲起来。那个嗓门，常常比社长总编要响得多，并非对领导们不尊重，实际是说给餐厅里的其他人听：哎，我在谈工作，不是给领导拍马屁！

今天，唐社长不在，去医院检查身体了，秦副总也到北京出差，王副社长又不知忙啥，一早就不见踪影，社长室人丁稀少。起初，只有郭道海一个人用餐，坐在西墙的小方桌旁，显得落寞、孤单。他向来是寡言少语之人，吃饭的时候，尤其不喜欢高谈阔论。据说，他家的家教厉害，做教员的父亲制定了吃饭的纪律，在饭桌上不准多说话，特别不准说与饭菜无关的言语，说是为了保护胃的消化能力。从小养成的习惯难以改变，郭副总吃饭时，埋头进食为多，除非有人盯住他问啥，躲闪不过，他才会抬头应答。有人觉得他脾气怪，感到他莫名清高，甚至会认为他习性冷僻，所以，本社之中，尊重他学养者多，与他热络的同事则凤毛麟角。

王副社长恰到好处地出现,来打破郭道海的冷清,他拿着托盘走过来,在郭副总的旁边坐下。他刚刚从华东医院赶回来,没有耽误午餐时间。王副社长惦记本社的食堂,能回到本社用餐,必定不放弃。原因,不仅是尽心尽职,作为后勤总管,他要回来监看每天的伙食。他说,本社的食品进货严格把关,吃起来放心;外面的东西,烧熟了端上桌,你搞得清来自哪个角落?那猪肉鸡肉,分得清是活宰的还是早就死了的?他在郭道海对面坐下,鼻子在肉汤上方嗅了嗅,"好香,好香!"他赞叹道,"胃口大开吧?"

这张桌子只坐了他们俩,王副社长的问话显然针对郭道海而去。面对比自己年长十多岁的老王,年轻人懂得礼数,郭道海抬起头,笑笑回答:"今天的汤确实好喝。大师傅讲,是你从苏北直接买进的猪肉,地道,质量上乘。"他清秀的长脸,喝热汤喝得红彤彤的。

王副社长在本社的拥护度高,年度考核,群众给他的打分仅次于唐社长。原因简单,他不但把经营管理做到家,后勤亦不马虎,食堂的饭菜质量,进货渠道的可靠,样样操心。他说过,做妻子的,要把丈夫的胃当回事,家里自然相安无事;管后勤的,要把知识分子的嘴巴当回事,吃舒服了,社里上上下下就太平,就认真编书卖书,不会瞎吵吵。

老王一口气喝了大半碗汤,满意地舔舔舌头,突然问道:"郭博士,你博古通今,应该也懂易经吧?"

郭道海纳闷，王副社长喜欢《三国演义》，全社员工统统知晓，难道现在又开始研究黄老之道？他反问："王副社长想研究易经？"

王副社长哂笑，"我大老粗一个，哪里读得懂。我是有大事请教。"他瞧瞧四周，压低嗓门道，"早就有人说，本社这幢楼风水不好曾经是凶宅。你看，我们要不要请位精通易经或者风水的大师，查看查看，寻个破解之道？"

郭道海听罢，吓一跳，"你怎么想到这样的主意？"

"社里遭遇麻烦，我才想的啊！"王副社长坦诚地道，"原来我也当笑话听，眼下麻烦多多，倒是宁可信它一信。"

郭道海赶紧堵他嘴巴，"唉，你搞这个，传到外面，局党委肯定狠狠批评我们班子，算了吧，就别给唐社长添乱了！"

王副社长见他一脸正经，知道没有商量余地，便悻悻地刹住。在医院时，他想对唐社长吐露这念头，怕老领导生气，才强行忍住，没想到，在郭道海面前也碰了一鼻子灰。他本来还指望，郭博士能介绍个易经大师呢。其实，他已经让朋友找了个吃那行饭的人来看过。那人在楼上楼下园里园外兜了几圈，竟然说，风水不佳，是院内那棵广玉兰过分高大，把阳气压住，阴气太盛；破解之道，唯有把广玉兰挪走。王副社长听了，将信将疑。广玉兰的茂盛，确实遮住阳光，不过，夏天就凉快啊！谁敢动那棵大树？园林局会干涉不说，唐社长保险要骂娘。王副社长没了主见，所以想求郭博士帮忙，找个真正的易经大师来查勘。谁知道，这小子一脸正经。

话不投机半句多,两个人闷头吃了几口饭,王副社长想起新的话题,才接着说话,"那个老刘,新华书店发行部的刘主任,最近有联系没有?"

"噢,正要谢谢你介绍我认识他,大好的事情。我去发行部讲过两次,他那里年轻人多,懂学术书的人少,多去讲讲,对我们的短板书销售很有帮助。"郭道海放下筷子,认真回答。

老王淡淡一笑,"我们一个班子的,坐一条板凳,讲啥谢不谢的话。"他把嘴里的菜飞快地咽下去,又说,"刘主任是河北人,和张飞的老家是近邻,难怪脾气豪爽,你跟他搞好关系,他就会多帮忙。"老王三句话就难免冒出段《三国演义》,郭道海知道他脾气,笑笑,应了一声。王副社长话题一转,问道:"噢,这两天,你与刘主任联系过吗?"

"有啊,昨天晚上还通过电话,他邀请我再去做第三讲,说下面的销售员们爱听。"

老王翘起拇指,"我们的郭博士啊,不辞辛劳,免费讲课,便宜他们了。"他眯缝双眼,随意再问,"昨天晚上?你不是在唐社长那里开会吗?"

郭道海回答,"会议结束后,我在路上的面店里吃碗排骨面,刚到家,他的电话就追过来。"

两位年轻的副总刚进班子的时候,王副社长赶紧联系电话局,给他们家里装了电话。这种事情,他亲力亲为,让年轻人心存感激。他说:"你那个座机质量不行,我上次给打你电话,杂音很多,要换一只。"

郭道海为他的细心感动,赶紧说:"没关系,能对付着用的。"

王副社长摇摇头道:"这么,看似小事,耽误工作就成大事。你别管了,我来办,搞后勤的,就是做这种婆婆妈妈的事情。你想,昨天刘主任给你电话,晚上的电话,总是有重要事情说,电话听不清楚,该多少着急?"

"哪会有啥重要事情,不过是约个讲课时间呗。"

"时间当然要紧,听错了,岂不误事?"说话干脆利落的王副社长,今天有点弯弯绕,"噢,刘主任问你社里开会的事吗?"

"问啦,他说几次电话找不到我,为啥回家那么晚?我就实话实说。"

"实话实说?"王副社长的眉毛呼啦抬上去,碰到了垂下来的发梢,"你告诉他紧急会议的内容?"

郭道海瞧瞧副社长,诧异地反问:"我会那么傻?内容当然不能告诉他。"

老王点点头,"你是大博士,自然晓得言语轻重。眼下,是本社的严峻时刻,我们一个班子,应该维护整体利益,不该说的话绝对不说。"他又喝口汤,舌头一卷,补充说,"这当口,唐社长又住院去了,我看他心挂两头,很不踏实,我们说话做事,一定要让他放心才好——"

郭道海再书呆子气，也从王副社长的话里品出异样的味道，他纳罕地打量对方一眼，"哎，老王，你想讲什么，痛快说啊。你觉得我会讲啥不符合整体利益的话？"他见王副社长嗫吧着嘴，不否认也不解释，心中未免生气，"你大概和秦副总一样心思，觉得我心术不正，会隔岸观火，幸灾乐祸？我是那样的人吗？"因为生气，他的嗓门有些高，引得旁边桌上投来诧异的目光，几张脸全部转了过来。郭道海说话向来慢条斯理，嗓门不高，突然变成大嗓门，不由引起旁听者莫名惊诧。

正在这当口，牛副总也端了大托盘，慢悠悠走过来。他见两位谈话的气氛紧张，不免关切地问："你们谈什么啦，谈得这般起劲？声音轻点，食堂里人多耳杂啊。"他边坐下，边朝旁边桌子的同事们微笑摇头，示意他们别关注这里的事情，那种风度，实属不一般。今天上午，本社敏感且尖刻的人士，已经小喇叭到处放风，挖苦牛副总，说什么，唐社长住院，牛副总主持工作，顿时容光焕发，喜气洋洋，老牛升级成猛牛了。

王副社长看了一眼正在生气的郭道海，苦笑着摇摇头，对牛副总居高临下的询问不以为然，搪塞道："我们就是瞎聊，风水八卦的，没要紧的话。"

郭道海的闷气没有出完，懒得再应付二位，他把碗里最后两口饭扒干净，说了句，"我先走了，你们慢慢吃。"说着起身要走。牛副总见他不回答问题，转身离开，脸上不由悻悻的，很认真地说：

"小郭,别急着走,我还有重要事情通知你。刚才,我从办公室下来前,接到一个局长室的电话!"他在局长室上面加了重音,"局长要我通知你,午饭后请你过去一趟,找你谈话。"

今天一早,秘书小李按规矩正式向局里报告,唐社长住院检查身体,本社工作由牛副总主持。因此,局长室有事情,自然是先通知牛副总。

"找我?谈什么?"郭道海听罢,愣了愣问。

"你到了那里就会明白。"牛副总莫测高深地回答,让人搞不清,他是知道谈话内容,还是根本不清楚。

王副社长瞧瞧牛副总的神态,心里嘀咕:一主持工作,说话腔调就不一样啦!心中如此想,嘴巴里当然不会漏出来,他望着郭道海消失的背影,轻声问:"是找他谈那套丛书的情况?"

牛副总扫他一眼,边吃菜边反问:"你读《三国演义》读成诸葛亮了?局长的心思全猜得到?"本社的人统统知道,王副社长别的书读起来兴趣不大,唯独钟情《三国演义》,不但读小说,还爱听著名说书人张国良的长篇《三国》评话。所以,你和老王谈话,用三国里面的语言去套,最对胃口。

王副社长装出傻笑的模样,"我大老粗一个,全部心思也顶不了诸葛亮的眼睛一眨,哪里猜得到局长的道道。我不过是瞎想。在我们班子中,与这套书的编辑出版无直接利害关系的,只有郭博士。局长想了解情况,客观些了解,自然首先会点到他。"王副社长说着，头往牛副总面前凑凑，压低声音道，"老牛啊，现在你主持工作，压力很大。这个关键时刻，要当心本社出魏延啊——"

牛副总诧异地看看他，"你什么意思？魏延？你指谁？"魏延脑后长反骨，知道点《三国演义》故事的，谁不清楚？

王副社长哈哈一笑，"泛指，泛指，随便一说，不过是泛指！你用不着细究。"

牛副总狠狠盯他一眼，"班子需要齐心协力，特别是眼下情况，团结最要紧，这是唐社长再三关照的。你不能瞎说八道。"

牛副总话里的意思，表明他很明白对方的话锋所向。王副社长也就不再延续这个话题，他认为，自己已经完成提醒的任务，警惕不警惕，由牛副总心里去度量。他指着老牛的汤碗说："你喝喝这汤，绝对出自散养的猪，那种猪身上割下来的肉，香啊！"

牛副总赶紧把汤碗挪开点，生怕王副社长的唾沫星子飞进去。

第十一章

下午，上班时间过去很久，牛副总还是独自坐在社长室里。

午餐后短暂的休息，牛副总有样独门本事，就是坐着睡觉。坐在自己的椅子上，背脊靠舒适了，头稍稍后仰，起初闭目养神，稍后，舒适而短暂地进入梦乡。这是他恢复体力的秘方，是下午依然精力充沛的重要原因。有时，午后去哪个机关开会，主席台上，某位端坐的领导，忍不住极度的疲倦，脑袋一晃悠，耷拉下来，在众目睽睽之中，公然放肆地瞌睡，牛副总心中就会嘀咕：没本事撑，当场出丑，难看啊！你干嘛不在午餐后盹一会儿？

牛副总二三十分钟小憩，醒来一瞧，座位前面的郭道海不见踪影，想必是去了局长那儿。屋子里，只剩下孤零零的牛副总。房间大，办公桌贴住东西两面墙排列，中间的过道依然宽阔，放张乒乓桌也足够有余。此刻，办公室做事的人少，又是冬天大步走来的日子,屋子大了,热量顿感稀薄,牛副总下意识打了个寒噤,赶紧把衣领往上拉拉,摇晃一下略感僵硬的脖子,心中,难免产生点孤独的感觉。

初冬季节,太阳的威力很早就打折扣,下午转成多云天气,有点阴沉的感觉。南面的落地窗外,有一个大阳台。法式洋房的主卧,一般与阳台相通。主人可以随时走到阳台上,欣赏外面的景色,享受新鲜空气。那种阳台,比较宽敞,比较气派,不像公寓大楼的小阳台,紧巴巴的,属于象征性的摆设。若在洋房的阳台上放张桌子,搁几把藤椅,别说坐下去,看看也足够舒适。西方社会,绅士淑女在生活上的讲究,由阳台的面积就显露出来。现在,这里成为社长总编们的办公室,就不能摆放那些十分小资的玩意,阳台上空荡荡的,只剩两只没有插花枝的花瓶。酷热的夏天,阳台上方的天棚,遮住了太阳,让屋子里相当清凉。此刻,即使把天棚缩进大半,终究还是影响初冬的光照,使房间里早早地阴暗起来。若希望房内明亮些,必须把屋顶上的灯悉数打开。

王副社长在楼下经营部忙碌,这两天,他上了发条似的,紧盯住发行部不放松;秦副总到了北京,这小子交游广泛,必有几顿饭局,谁知是明天还是后天打道回府;郭道海被局长叫去谈话,谈什么,费猜量。好在门外的过道上,还有个守着电话的秘书小李,不然,牛副总光杆一个,真成了孤家寡人。

他心里隐隐不舒服。我主持工作,各位就不肯陪我坐在社长室？当然，这种抱怨说不出口，毕竟，大家忙的均是正事。王副社长不向牛副总汇报，也猜得到他在忙点啥，抢在停止销售的命令下达之前，为社里多捞回些现金，其心可嘉。不过，牛副总隐隐觉得有点不对头，这是对魏书记批示的阳奉阴违吗？牛副总没吭声，他只能当作不知晓，随王副社长折腾去。他反对不得，那关系着二百来人的饭碗。他也赞成不得，今后万一局里查问，他装糊涂就是。估计老王请示过唐社长，否则没有那么大的胆量。

这会儿，苏醒过来的牛副总，心里最不踏实并且反复盘算的问题，正是中午王副社长漫不经心的一问：局长找郭副总谈什么呢？

本来，中午的电话，由直线打进来时，秘书小李说，是局长请牛副总听电话，牛副总心里一紧，以为要请他过去谈书的事情，因为现在是他主持工作么。牛副总一边往电话机旁走，一边斟酌，该如何措辞。谁知，局长只和牛副总寒暄几句，不咸不淡地说，唐社长住院，诸事辛苦老牛了，说罢，直接点名要小郭过去，又不具体说明约谈啥事，让牛副总立刻产生失落感，或者说，被冷落感。

午餐时，王副社长看似随意的几句提醒，让牛副总又多了心事。是啊，这个微妙的当口，局长单独召见郭道海，确实意味深长。今天，上午刚到单位，局办主任就跑过来，要看一下他们的社长总编会议记录本。局里下来看材料，不是很稀罕的情况，但也并非家常便饭。一般，有的放矢，需要了，才会跑来查看。今天，局办主任不请自来，嘴上不讲此行目的，彼此心领神会，肯定与《市场经济常识丛书》的事儿有关。记录本上，比较详细地保存着重要问题的讨论过程，这是唐社长的要求。他说过，我们这个班子对本社历史负责，讨论的事项该留下痕迹的，一定要完整、清晰。因此，那套丛书的论证过程，作为社内有争议的重要选题，一字一句，秘书小李记得肯定不含糊。局办主任看得仔细，还摘抄些内容，回去之后，估计立马向局长报告。在社长总编讨论选题的过程中，明确持保留意见的，只有副总编辑郭道海一位。牛副总不无妒忌地想，这回，社长室大家倒霉，郭博士撞大运了！

局长问起来，郭道海会怎么说呢？牛副总左右猜想，心里相当相当没底。

无论从哪个角度分析，长期以来，郭道海均属于被牛副总欣赏的一类。牛副总，知识分子出身，天生喜欢有品位的知识人才。

年轻人，有才华的不少；有才华尚且能够不张扬，属于优品；有才华有作为不张扬还能抓得住人生的机会，那便是稀罕的精品，可遇而不可求。在牛副总看来，郭道海就是如此这般的精品。此外，鉴于牛副总还有一位出挑的待字闺中的女儿，郭道海更凸显一项难能可贵的条件：直到三十多岁尚未婚配，那简直是按照牛副总胃口设计的皇家大菜了——当然，后面这个条件，只可放在心底想想，最多与同样操心女儿大事的老伴嘀咕几句。再说，这话多少存有毛病，是不是可口的菜肴，得女儿来品鉴才确定得了，牛副总的味蕾不算数。据牛副总不露声色的调查，郭道海至今没有成家，不是因为生理上有何隐疾，也不是交往太杂，挑花了眼，仅仅由于书呆子味道太重，根本没在意或没实习过讨好女人的本事。这是优点还是缺点？牛副总知道，在女儿与他的心中，衡量的尺度完全不同。女孩子哪个不愿被人讨好、被人苦追啊？时间等不得，女儿二十八九了，无论从哪个角度思考，婚姻大事不能再拖。牛副总的妻子，天天嚷着想抱外孙，那是妇人之见。牛副总另有表述，希望上乘的女儿嫁个精品的女婿，让老牛家的优秀基因传递下去，且越发优质。

　　俗话说，丈母娘挑女婿，越看越欢喜。牛副总做不成丈母娘，他是以潜在的老丈人的目光审视年轻人。凭良心说，牛副总觉得，要挑到比郭道海更理想的，难啦！女儿二十八九，总不能挑个二十四五以下的吧？"女大三，抱金砖"之类的老话，牛副总是不屑一听的。牛副总懂科学，科学证明男人比女人成熟晚，退化也比女人迟，男大女小，可以减少落差，搭配合理。可是，超过鹭鹭年龄的男人，凡能归于精品优品的，基本上被眼光敏锐的女子挑走了。像郭道海，过了三十，又没啥说不出口、摆不上台面的毛病，依旧晃荡在王老五的行列中，仅仅属于漏网之鱼，稀罕！他是书呆子啊，况且是研究传统文化的书呆子，成天躲在灰尘满满的旧书堆里，灰雾弥漫，遮挡住尘世中女人们的炯炯目光，才无意中潜伏下来。

眼下冒出的紧急情况，却让牛副总难以拿捏了。郭道海与鹭鹭之间，由于秦含的介入，本来只有一根勉强维持的脆弱的丝线，现在，怕是要被彻底掐断。

离傍晚下班时分，还有两个来小时。看不到太阳，倒不是多云的原因，八成被高楼挡住了，不过，可以断定，没有掉到城市的天际线之下。这屋子，此刻竟已变得十分阴暗，西墙上挂着一幅山水画，黑糊糊的一大片，看不清意境了。也许，天空正酝酿着风雨。牛副总喊了一声，让小李把所有的灯光全部打亮，才觉得不那么压抑。他根本看不进稿件，望着窗外暗淡的天色，盘算着从昨天开始的乱局。

对郭道海来说，这件祸事可能成为他脱颖而出的绝佳机会。原先，本社多数人判断，在两位年轻的副总编之间，秦含具有明显优势，个人性格也强悍得多，书呆子郭道海竞争不过他。郭道海的长处，仅在于他有深厚的学术根底。可惜，出版社到底不是学术研究机关，社会的属性乃至市场的属性，占的比重甚大。掌握一家出版社，除了文化底蕴，更要紧的是组织能力、活动能力和管理经营能力，后面的这些素质，郭道海比之秦含要弱得多。现在，事情突然发生变化，秦含在选题上的误判，且暴露出好大喜功的冒失，会在局领导眼中大大失分；相形之下，郭道海的慎重，自然因祸得福。

按牛副总的希望，女儿最好快些摆脱秦含的阴影，不要陷入对方的迷魂阵；现在秦含倒霉，是个转机，应该高兴才是。偏偏事情纠结得很，这套丛书的责编是鹭鹭啊！问题显见得复杂万分。丛书失败，打秦含的脸，同样敲在鹭鹭身上。假如郭道海旗帜鲜明，与领导一副腔调，出面批判这套丛书，上头会乐意，肯定大为赞赏郭副总；不过，他必然得罪秦含，双方将长期势不两立。最要命的后患，他会与犟脾气的鹭鹭彻底闹翻，导致二人间脆弱的关系生生断裂。于是，牛副总物色乘龙快婿的苦心，势必成为黄粱美梦。

今天，局长找郭道海个别交谈，八九含有借机考察的意思。多年干部当下来，组织程序方面的奥妙，牛副总是知晓的。本来，局里让自己空降到这个大社，肯定是觉得秦、郭二位嫩了些，想由他来接唐社长的班。当前的局势，除了不利于秦含，领导机关对牛副总也会多少失望，他为啥没有明确阻止这套丛书的出版？任何有脑子的人，均会联想到鹭鹭的因素。人家是"英雄难过美人关"，牛副总是为女儿硬扛包袱了。

牛副总脑子里如此这般，思来想去，桌上堆积如山的稿件就味同嚼蜡，哪里看得出好歹？他干脆不看了，呆呆坐着，等郭道海从局里回来，且听他说点什么，多少摸清局长心里的算盘。这件事情，总开关在哪里？魏书记的批示，是他个人意思还是代表了更加高层的态度？不得而知。不过，县官不如现管，魏书记在外地养病，局里工作由局长主持，局长的态度至关要紧。处分轻一点重一点，局长有发言权。高高举起棍子，挨板子看来是逃不掉了：打下来，如千斤压顶，还是虚晃一枪，那个区别很大很大。

牛副总这辈人，过得很不容易。建国的时候，他还是小小少年，刚刚小学毕业，缺少唐社长一般的革命资本。大学毕业，工作的年限不长，尚未来得及崭露头角，充分施展一身才华，就遇上史无前例的"文革"。起初，整天学习政治形势，写无穷无尽的大批判文章；后来是下厂下乡，接受工农兵再教育。十年里，几乎没干过专业方面的事情，耽误了最好的年华。唯一暗地里安慰自个的，幸亏一九五七年的时候，他还是大学里的低年级生，那场让知识分子风声鹤唳的运动风风火火开展起来时，他还懵懂得很，只知道听人演说，自己充当旁观者。这样的角色，当然不会遭遇劫难。比他大上两三岁在大学生中叱咤风云的，就可能十分倒霉。牛副总小时候的邻居，一个极其聪明的大哥哥，那时已经是北京大学的高年级生，毕业以后，几十年没有正经的职业，靠给孩子们补补英语混口饭吃。记得考大学前的一个暑假，大哥哥给牛副总补习过英语和数学，对他后来凭高分考入复旦大学帮助不小。"文革"期间，街道干部写的大字报泄露机密，原来，那位大哥哥的档案袋里记载着，他属于学生中的"内控右派"，因此没有单位会录用他。此前车之鉴，让牛副总小心翼翼地做人做事，靠着兢兢业业工作，加上某些超越同辈人的才华，方在知天命的年纪，走到出版社副总的位置。牛副总明智，不贪钱，够用即满足；也不贪权，权高位重者，风险也大。他在乎自己在同道眼中的分量。知识分子最看重的，不就是面子吗？假如能够在退休之前，成为出版社的一社之长，回到母校，让师长学长们知晓能耐，在母校的优秀毕业生榜上占一席之地，此生还有什么可遗憾的？

话说回来，假如郭道海真能成为自己的女婿，上面要牛副总给郭某人让道，牛副总自然想得开，一家人么，绝对不丢面子。可惜，鹭鹭鬼迷心窍，盯住那个已经成家的秦含。秦含花花心肠，说什么红颜知己，分明拿鹭鹭耍着玩。牛副总想来想去，实在不放心。照此发展，最后，种种好事，统统变成水中月、镜里花，岂不是万般窝囊难堪？

将近四点钟，直等得牛副总昏头昏脑，郭道海的身影终于出现在社长室门口。牛副总想，谈了一个半小时，够长！他眼神扫过去，见年轻人的神色不佳，一脸疲惫，无精打采地走进屋子。这个状态，牛副总能够理解。百来分钟的谈话，面对居高临下的领导，全力应对，当然轻松不了。

牛副总亲切而和蔼地问："谈好啦？"

郭道海闷闷不乐的神色，一点不体会牛副总的亲近，只草草回答，"嗯，刚谈完。"说着，径直走到靠东墙的桌子前，一屁股坐下。

牛副总的桌子，也靠着东墙，在郭道海的后面。也就是说，年轻人那件灰不溜秋的上衣,而且是上衣的后襟,此刻,生硬地在牛副总眼前晃荡。进屋以后,回报牛副总殷切期盼的,唯有这件难看的上衣,让牛副总心里不舒服,还有点愤愤不平。牛副总甚至联想,难怪鹭鹭不喜欢,每星期如此穿着,灰不溜秋的,一点没有精气神。过去,郭道海的后背顶住牛副总的视线,牛副总倒是没觉得不舒服;此刻,牛副总觉得老大不满意:你谈完话回来,好歹该汇报几句吧?就算不讲我资历比你高得多,毕竟现在在这屋子里,主持工作的是我。你啥也不说,连我的问候也懒得搭理,一屁股落座,眼里太没人了!牛副总一直以欣赏的目光看待这个年轻人,这会儿,他却非常非常生气,一肚子的不满意,觉得这小子实在不懂礼数。

外间的秘书小李轻轻走进来,恭敬地说:有外线电话,请牛副总接听,并补充一句,"唐社长从华东医院打来的。"

社领导们的办公桌上,每人一台分机,便于社内联系工作。各人分管的部门不一样,该请示谁就打谁的分机,不但各部门清楚,总机也绝对不会混淆。本来,王副社长说,每人再加部直线电话吧,不料,众人均反对。有那么多直线电话,铃声此起彼伏,这间屋子就不会有安静的时候,整天刺耳声不断,如何读书稿?牛副总说过,等到社领导均有独立办公室的时候,再说吧。王副社长当即冷冷地回答,想一人一间?恐怕要等到猴年马月。所以,只有唐社长的小屋安了直线,另一台直线电话就在外间的小李桌上。

牛副总赶紧走到外间，这种时候他确实渴望接听唐社长的电话，由老领导为自己分忧。

唐社长直接问："老牛啊，今天，有没有新情况？"

牛副总答道："上午，局办来看过会议记录。噢，还有，下午，局长叫郭道海去谈话。"

"约谈小郭？"唐社长略一沉吟，又问，"小郭回来说是谈啥？"

"一声不吭啊！"牛副总的不满终于有机会发泄，他压低了嗓门，分明不愿里间的人听到，"郭副总很神秘的样子，回来就坐到办公桌前，连寒暄几句也不愿意。"

唐社长当然听出他的怨气，宽慰道："没啥要紧，也许，局长不希望他透露谈话内容呢？"

牛副总知道唐社长是忠厚长者，遇事尽量理解别人的苦衷，也就顺着老唐的语气说："没关系，我也不会逼他讲。"

"这两天辛苦你了，我检查完身体，立刻归队。"唐社长干脆地说。

牛副总心里希望唐社长回来，这种尴尬时候，主持工作吃力不讨好，但他依旧客气地劝说："老唐，身体第一，你千万别着急，我顶它几天还行！"

唐社长哈哈一笑，"好，你顶顶，你管着，我绝对放心！"

牛副总放下话筒，朝窗外的阴霾望一眼，那天色压抑得很，从多云转到阴天，犹如牛副总沉闷的心情。他暗自嘟囔：唐社长啊，你能早点从医院回来，谢天谢地！明天，还不知道又发生啥？他又寻思道，就算让我接班，该找个太平点的时候吧；现在说什么接班，简直是接一团乱麻，接一只火球，接一个响雷——谁有本事接得住那个？我老牛只想安安静静读点稿子啊！

第十二章

在局长室谈话的一个半小时里,郭道海注意力高度集中,身心确实相当疲惫,脑子里像塞进几团乱麻,乱哄哄的。他考博士生前,即使天天夜里读书到十二点,也没有如此不堪啊。

在这种心境下,他回到社长室,尚未回过神,面对牛副总关切的询问,只能以含糊的言词应对,没有如实汇报方才谈话的情况。一方面,因为紧张之后,精神松散虚弱,使他缺乏敷衍和交谈的兴致;另一方面,如唐社长之聪明猜测,局长确实说了,谈话的内容,回去没有汇报的任务。局长还说过,需要和社主要领导通气的,他会直接转达。这个主要领导,是指唐社长还是临时主持事务的牛副总,局长没有解释。

郭道海情绪紧张,不仅仅因为谈话的内容复杂,也不仅仅因为谈话的对象是领导——除了他熟悉的局长,在座的还有另一位长者,比局长更威严的长者,正是本局的魏书记。见到魏书记那张胖乎乎的脸,郭道海兀自一惊。他不是在南方某地养病吗,怎么突然回到局里?局长说,魏书记关心《市场经济常识丛书》的事情,趁回来检查身体,特地约郭道海过来谈谈。郭道海心想,约我谈?蹊跷!唐社长住院,主持工作的是老牛,找他谈才对。或者,找具体负责丛书的秦副总,也比较合理,为什么找我这个不很相干的人?还有,牛副总只说是局长约谈,怎么突然冒出来魏书记?有些神秘啊。他心中产生不祥的感觉:魏书记亲自出场,就不会是随便聊聊般简单。莫非晓得自己不赞成急于出书,特意要他汇报具体情况,汇报班子里面的分歧?让他如何回答才妥当?他不能对两位局领导含糊其词,不能说假话,但他也不能说对班子里的同事不利的话啊!

这场谈话,从一开始就相当艰难。郭道海心绪不宁,因为他渐渐听明白,谈话的锋芒不但针对社的班子,还涉及这项选题的提出者,即牛鹭鹭,郭道海十分关心的那位女孩。道是无晴却有晴,虽然鹭鹭对郭道海变得日益冷淡,但在郭道海内心深处,却始终有一片柔情碧波,风儿一吹,即荡漾涟漪;那些温馨的情感,只属于鹭鹭,这是他三十多岁生涯中,除了母亲之外,真正用心感受过、喜欢过的女人。

从郭道海这一方说,从来不想与女孩疏离。鹭鹭天生丽质,智慧、高雅,尽显大家闺秀的风范,对缺乏男女交往经验的他,有强烈的吸引力。女孩异常聪明，读过的书相当广泛。除了郭道海的专业书——那些枯燥的文史典籍之外，在一般社会科学、自然知识门类，两人交谈起来，很难分出谁更博闻强记。至于女孩的其他种种妙处，美丽、温柔、善解人意，更超出书呆子对女性的最高想象。

从亲近到冷淡，他是被动地、不得已地接受现状。"无可奈何花落去"？非也，花未落，花香已散。鹭鹭态度明确，步步退却，令他束手无策。他也曾突发奇想，何妨尝试讨好牛副总，争取鹭鹭的老爸帮忙，改变女孩的态度。书呆子的矜持阻止了他。郭道海说不出口，也不知道如何说。他和同事，除了讨论选题，讨论编辑事务，其他的，谈不出什么道道。面对鹭鹭的父亲，那个可能成为他丈人的牛副总，他有敬畏，也有距离，内心一直有些紧张，好像做了什么亏心事。心亏在哪里？他自己也说不清，莫非是想偷偷盗取牛副总的掌上明珠？

郭道海知道，鹭鹭的变化源于对自己心存不满，具体不满意的方面，却不甚了了。那天，在新锦江旋转餐厅，起初还挺开心，到分手的时候，却觉得女孩的情绪明显低落下来。郭道海在书上读到过，女孩的心绪，潮涨潮落，来得快，去得也快。按书呆子的想法，潮涨潮落，有自然规律可寻，女人的心情，却像大风骤起，云朵翻飞，根本无从捕捉，没办法画出清晰的轨迹呢！比较具体的感觉，自从鹭鹭全身心地投入编辑《市场经济常识丛书》之后，他们的交往日益清淡。难道说，鹭鹭知道自己对选题有所保留，因此心存芥蒂？郭道海觉得不至于，鹭鹭是比较大气的女孩，并非那类小肚鸡肠之人，业务上的不同看法，司空见惯啊。

郭道海猜想，她工作太辛苦，策划编辑如此规模的套书，全部精力扑进去也不够用，一时顾不上考虑儿女情长。其实，郭道海对选题的保留态度，仅仅是不赞同秦含的急躁，不赞同夸张地鼓吹，说此选题有重大突破性价值。何必那么张扬呢？他认为，做编辑，踏踏实实把内容做扎实为上策，不能自我膨胀，认为一套书可以左右国家命运，太自以为是吧？不过，他对鹭鹭全神贯注地投入进去相当理解。编辑抓住一个重要选题，一个有望独步市场的选题，不容易啊，自然爱之深，爱之切，别的事情容易搁起来，暂时顾不得打理。他以为，女孩的冷淡是暂时的，可惜，他想错了。慢慢地，时间长了，他才醒悟到，女孩推说忙而不见不过是句婉转的托词，她真实的想法，是决心斩断刚刚萌发的情丝。

离出版社不远，小街的转角处有一家精致的小咖啡馆，墙面刷成幽雅的宝蓝色，上面画着可爱的小天使。编辑们遇到接待重要的作者，或者是其他关系密切的朋友，常常借此处一用，点了咖啡或茶，配两小盘水果和甜点，花费不多，聊上半天，不亦乐乎。那天，郭道海在图书馆开了个学术讨论会，走回出版社的时候，路过小咖啡馆，无意中一瞥，咖啡馆里靠窗的桌子旁，隔着半截白色的窗纱，清楚地看到，鹭鹭一身套装，端坐一方，熟悉的白皙脸盘上，洋溢着甜蜜的微笑，正款款与人交谈。郭道海不愿打断女孩的谈话兴致，只是在窗外略停脚步，为偶遇而开心一笑，向她挥挥手，算打招呼，也算致意，浮云般飘过，相逢一笑而已。谁知，女孩不领情，眼神与他的笑意对接时，倏然受惊一般，紧皱眉头，非但没有回以微笑，倒是别过头，脸上可爱的笑容收起，舒展的肌肉僵硬起来，那神情，分明拒人于千里之外，似乎惟恐郭道海闯进咖啡馆去，搅了她的兴致。当时，郭道海心中很不舒服，不过，也就是一阵寒风刮过，打个寒噤般的不舒服。既然女孩不欢迎自己，那就知趣离开吧。他又下意识地朝窗子里打量一眼。这回，隔着窗纱，他看清楚了，坐在鹭鹭对面的，只有一个熟悉的身影，噢，是自己的同事秦含。方才与鹭鹭亲密交谈的，原来就是秦副总。郁闷的郭道海，慢吞吞走回了出版社。鹭鹭几次三番回绝了他的邀请，说是忙，没时间约会；和秦含在咖啡馆闲聊，却很自在啊。他忧郁地自问，凭啥不开心呢？没理由吧。秦含分管鹭鹭所在的编辑室。他们要讨论选题，嫌单位里吵闹，到咖啡馆里坐坐，也可以解释啊。不过，郭道海依旧闷闷不乐。他从鹭鹭厌烦的眼神中，读明白她对他的态度。

这次偶遇之后，鹭鹭分明更加疏远郭道海。郭道海猜想，她的躲闪是不想照面，不愿意直接解释什么。有时候，把拒绝用嘴说出来，更为难堪，无声的行为抗拒反而自然。原本，在单位里撞见，还会不咸不淡地招呼一声；现在，连招呼也省却，略微点个头，就算客气。多数时候，避而不见，远远地，女孩的身影，就转到旁边去了。

郭道海缺少对付女孩的招数。他对女性的了解，多半从书本上得来，而且以古典文学的描绘记载为多。比如，《红楼梦》中各式各样的女子，《西厢记》里的莺莺以及红娘，或者是历史中知名的女才子如李清照等等。以对这些奇女子的考量，来琢磨当代女性的内心，实在如隔着磨砂玻璃赏花，云里雾里地没个准头。假如两个人正常交往，他还行，温和儒雅，绅士姿态，落落大方，可以对付女孩的千姿百态。女孩有了心眼，虚虚实实，真真假假，他便乱了阵脚，左右不是。鹭鹭对他避而远之，他心中不舍，却完全没有打破僵局的策略，事情就如此拖下来。时间足以消磨各种情感，何况是原本飘忽的情感。久而久之，二人之间，已经完全没有好朋友的味道，甚至比不是朋友还糟糕，比一般同事关系还隔着厚厚的布帘。是的，隔着看不到对方神情的厚布帘，而不是咖啡馆那似有似无的白窗纱。

谁知，在局长室谈话时，话题一旦涉及鹭鹭，久已陌生的温情，竟立刻从郭道海心底翻腾起来。他的神经紧张起来，腰板挺直了，眼睛睁圆了，身体内充溢着一种必须维护女孩的情绪。

局长室的秘书进来倒了茶，一语不发，立马退出去。局长室里，只剩下三个男子，魏书记、局长和郭道海。窗外，树枝上栖着不知名的小鸟，似乎感受到屋内的冷清，也就不飞走，知趣地时而鸣叫两声，为他们打岔，尽管是清脆而单调的叫声，也比静默、压抑、沉闷的氛围好些。

整个谈话过程，让郭道海颇感别扭，始终轻松不起来。与他谈话的主角，不是相对熟悉的局长，而是更为陌生的魏书记。对不善交际的郭道海而言，局长虽说也隔得很远，面对面的交谈，记得大约只有一两次，是局长召集青年才俊的座谈之类，不过，心中陌生感少些，总算以前认识的；在台下听局长做年度工作报告，次数就更加多。局长派头不大，挺尊重青年编辑，鼓励他们长江后浪推前浪，给郭道海的印象不错。魏书记呢，向来是让大家敬畏的领导，资历深，老革命了，在整个系统里，魏书记的威望非常之高。头一回面对面与之交谈，让郭道海不习惯、不自然，甚至有点压迫感。

魏书记，典型的北方汉子，一口带翘舌音的北方话，祖籍应该在黄河之北。年轻时，作为军人，他肯定威风凛凛。记得看到过他当年的照片，骑着枣红色的骏马，斜背着一把大刀，是令人敬仰的抗日英豪。那是在局党委举办的党史教育展上，魏书记的革命历史，是给青年编辑们学习的教材。现在，与郭道海面对面的书记明显老了，身板不再挺拔，脸上的肉松弛了，从颧骨旁耷拉下来，眼睛上方的眉毛，也稀稀拉拉的没剩多少。不过，亮堂堂的方脸，炯炯有神的双目，依然令人肃然起敬，说话时中气十足，正义凛然的风度，有充分震慑交谈者的威势，使你不得不仰头聆听。听说，魏书记病了多年，是很麻烦很难治的病，怕寒怕风，所以不得不到南方温暖之地休养。郭道海想,他不太像生病的老人啊,脸色红润,比自己的老父亲精神得多。

局长说了开场白,说明魏书记提议这次谈话,是为了做次调研,具体了解《市场经济常识丛书》的来龙去脉,请郭道海配合调研,努力做到知无不言,不要有任何顾虑。说罢,局长似乎有意把中心角色让给魏书记,自己甘作陪客,或者听客。郭道海知道,文化人出身的局长,资历方面与魏书记不能比。看得出,局长非常尊重魏书记。旁人传说,魏书记在局系统一言九鼎,此话似乎不虚。

魏书记:小郭,噢,郭博士,早听到你的情况,讨论班子配置时,局长,对了,还有你们唐社长,都对你赞不绝口。年轻啊,正是事业发展的好时候,出版系统未来的栋梁啊!

郭道海:没有,没有,我嫩得很——

魏书记:谁都是从年轻走过来的。我们闹革命的时候,打鬼子的时候,比你现在还年轻啊。我了解情况了,不错,你很有主见,这次,你们社长室讨论这套丛书,只有你一个人不赞同,了不起,是有独立想法的年轻人!

郭道海:我不懂经济学的,说不上赞同或反对,只是凭直感,提一点参考意见,希望对选题再仔细斟酌——

魏书记:那就说明你思考问题成熟。重要的选题,不能靠匹夫之勇,喊一声冲,就上。在这个选题上,比你资历深得多的社长,也措置急躁，没清醒反对，你顶一下，孤立地坚持一下，难能可贵！

郭道海：不能这么说吧，唐社长一直是掌舵的，我跟他哪能比——

魏书记：唐社长老革命了，我也向来尊重他。好吧，我们不说他。只是想问，你们社里最初如何想到这个选题？是一位年轻的女编辑提出来的吧？好像才二十八九岁，又不是搞这一行的，她哪里懂得其中深浅，应该是从什么地方获得启示，提出这个选题的动因又是什么？

郭道海：——

魏书记继续说：凭她的阅历资历，要提出这样重大的题目，不容易，看来她的社会活动范围很广吧？现在，社会上的思想很复杂，年轻编辑容易受影响——

魏书记一连串的问号，竟然全是冲着鹭鹭而去，让郭道海越听越不自在。怎么会把矛头对着一个优秀的青年编辑呢？刚见面时，对这位大领导的一点敬畏，对系统里名声如雷贯耳的书记的忐忑，此刻竟云消雾散了。郭道海不由壮胆顶了一句，"编辑，要做杂家啊，这是五十年代就由出版老领导提倡的。假如不是本行的，就不能做，出版社的选题太狭窄了。"

魏书记被他顶得一愣，急忙补充说："跨行跨专业的选题，可以考虑，不过，做不熟悉的选题，就需要重新学习。重大选题，更不能冒失。你们这位青年编辑，显然不具备做如此重要丛书的基础，听风是风，见雨说雨，那是不严肃的！"

谈话到这个份上，郭道海品出味道，首先对选题背景有怀疑，策划该选题的编辑的原始想法，甚至促使这个选题产生的灵感，背后是否还有别人，似乎先要被追究。郭道海觉得不公平，觉得这一套思维方法，不符合解放思想的初衷，还是随便怀疑知识分子的老套，怎么可以凭猜测臆想编辑的动机？编辑抓好的选题不容易，竞争太厉害，何况现在已经把出版社推向市场，编辑不得不同时考虑两个效益；有抱负的编辑，不愿意单考虑赚钱，想做些有价值又受欢迎的读物，这就是最大的动因吧！

与魏书记如此这般的谈话，不要说涉及郭道海深深关切的鹭鹭，就是关乎其他编辑，他同样也会打抱不平。顿时，郭道海的书呆子劲冒出来，不知轻重地与魏书记争论开来。他说，策划此选题的牛鹭鹭，是本社非常优秀的青年编辑，在本市出版行业内颇有知名度，她热爱出版专业，曾做过许多好书；做市场经济的选题，是敢于啃硬骨头，本意是为了服务于改革发展的大局。

魏书记很少被下属当面顶撞，显得很不习惯。他大度地忍着，没有光火，不过，脸色微微泛红，说明心中开始不满。他威严的眼神盯住了年轻人，轻微地哼一声，略带讥讽地说了句，"郭副总，你很会维护自己的部下啊。"随即，又经验丰富地补了漏洞，说他并不是怀疑编辑动机不纯,不过,当下社会思潮杂乱,各种力量争相表演,意识形态的尖锐斗争会渗透到出版领域,所以还是要多想想,多问几个为什么。在大领导面前,郭道海也不能过分锋芒毕露、继续顶撞下去,他婉转地说,希望局领导能就事论事分析选题,研究书稿内容的具体得失,不要给编辑太大的压力。说这些话时,他内心苦涩地叹息,魏书记那声悠长的"哼",恐怕意味深长,幸亏书记不知道他个人的隐私,即他与鹭鹭一度比较亲密,亲密到几乎开始要谈情说爱,否则,书记也要怀疑他争辩问题的动机了。

  魏书记与郭道海的谈话,由此开始变得不太和谐,当顶牛可能加剧的当口,陪客身份的局长赶紧放弃旁听,出来圆场。他首先批评郭道海曲解领导的意思,他说,各级领导向来爱护理解年轻人,即使选题有失误,也不会把矛头指向青年编辑。说着,他巧妙地把争论打断,将话语引入另一个方向,要郭道海详细介绍一下,当社长室讨论分析选题时,在此项目最后拍板确定前,是否认真分析过内容,具体讨论的过程是怎样的?郭道海知道,上午局办公室主任跑去社里,调看过社长总编会议记录,实际上,已没啥秘密可言。他就如实地说了当时的分歧和争议。关于自己的反对意见,他强调,在认识上,他和其他社领导一样,接受市场经济是发展趋势,只是希望先把问题研究得透一些,谋定而动,再考虑做书。郭道海说到这里,魏书记冷冷打断他的话头,慎重提醒,"年轻人,你的主业是古典文学吧?你对政治经济学比较陌生。你需要学习。我建议局组织部门安排你进修，去党校住半年，大有好处。你知道市场经济的理论基础是什么？那就是承认和利用人的贪欲私欲。这个，明显与我党的意识形态根本不同。你赞同市场经济是发展趋势非常错误，根本荒唐，说明你缺乏马克思主义的基本立场。"

魏书记的这番教导一板一眼，说得十分严肃，说话时还板起脸，以一种居高临下狂风扫落叶的气势，不容置疑，泰山压顶，一时把郭道海说闷了，竟无言以对。局长只得又出来缓和气氛，他要求郭道海深刻理解领导的思想，并附和魏书记的建议，说书记是爱护青年干部，言真意切，有合适的学习机会，一定建议组织部门送年轻人去学习提高。

谈话终于结束，局长请魏书记休息，自己客套地送郭道海，很破例地，竟一直陪他走过长长的走廊。也许，他知道年轻人内心郁闷，有心宽慰；也许，他为了关照什么。走到楼梯口，郭道海再三要局长留步，局长站定后说："这套书，到底如何看待，局里还在深入研究。你们应当重视，认真学习魏书记的批示，要有主动反思的态度。不过，学术观点是可以讨论的，并不需要过分紧张。现在，领导部门考虑问题，一定会按解放思想的精神，实事求是。"就在说完这些话后，他提醒郭道海，今天的小会，特别是魏书记病中还亲自出面谈话的内容，暂时不要对其他人说。需要和社的主要领导通气之事，由局长本人操作。郭道海猜想，谈话涉及敏感问题，局长担心传得走样。

郭道海一直在思考魏书记的那番教导，他问局长："关于市场经济的理论基础，魏书记的看法准确吗？"

局长的回答比较含糊，"这是新问题，认真多想想吧。我们都需要重新学习！"说罢，他扯开话题，说道，"我们让老牛去你们社工作，组织部门忽略了，他女儿也在你们社，是否需要调整？"

郭道海回答："牛副总刚来，就提出过这个问题，觉得不妥当。唐社长爱才，他认为牛鹭鹭是青年编辑中的佼佼者，不舍得放出去。"

局长沉吟道："嗯，老牛的组织意识很强，与他本人无关，是我们考虑不周。以后再打算做调整吧。"

郭道海从局里出来，往出版社方向走。距离不远，也就是七八百米距离。他顺着已经落叶的梧桐树道，踩着地面上沙沙作响的叶片，闷闷不乐地走。这条小路，出版社的编辑熟悉得很，午饭后散步，经常在此闲走。此刻，他心事重重，无意欣赏落叶满街的景色，也没有倾听落叶与脚步的交响。他还在思考魏书记的那些教导，琢磨着自己恐怕要去啃几本经济学方面的读物，免得被人教训，连句合适的应答也没有。他的鞋子带起几片落叶，叶子轻轻飘起，飘向路的中央。他想，这套书的风波看来一时难以平息，比估计得要厉害，会是个什么结果？魏书记的调门很高，实在难以判断他的真实意图。谈话结束，局长送出来时的交谈，又让郭道海平添一件心事。听局长口气,鹭鹭早晚要调离本社,理由充足:女儿不适合在父亲领导的单位工作。这个结果,似乎难以改变。看来,今后他们连见面的机会也越来越少,可能就此擦肩而过。郭道海心中无比惆怅。最近一阵,他强迫自己不要多想鹭鹭,对方已经不愿联系,郭道海不得不适应这种变化。可是,今天与领导谈话后产生的心情波澜,让年轻人明白,自己还是放不下那份情意——

郭道海与鹭鹭交往,并不是年轻人头一回打开心扉。外界只知道这位书呆子不擅讨女孩喜欢,其实,他的敦厚与刻苦治学,在三十几年的生涯里,不可能没有女孩子发现,赏识的目光不会完全缺席。高中几年,同桌的一位姑娘,曾经与他默契相伴。他们没有交流过深刻的情感,没说过醉人的甜言蜜语,但是,每天上课,你温情地看我一眼,我会意地嫣然一笑,肩并肩上课,快乐的一天就开始了。他们之间最大的秘密,仅仅和文具以及笔记本相关。女孩的家境似乎不好,铅笔盒里总是缺少必要的文具。圆规是跷脚的,大约是从哪里找来的残缺品;钢笔的笔尖断了一小截,也不见她舍得换新的。郭道海是教师家庭出身,父母不会给他很多零用钱,不过,学习用品始终充分供应。郭道海曾省下零用钱,在文具店精心挑选之后,悄悄把新的圆规和钢笔放进同桌的铅笔盒。不料,第二天那玩意又回到郭道海的书桌中,郭道海也不言语,固执地将它们重新塞入女孩的书包。如此反复,最后是女孩嫣然一笑,接受下来。女孩的成绩比郭道海差很多,上课的笔记她有时记不全,无须女孩开口求助，他抄写得整整齐齐的笔记本，会定时地在女孩书包里出现。高三最后的几个月，郭道海突然惊讶地发现，姑娘身上出现了明显的变化，她的穿着变得时尚而光鲜，人整个儿美艳起来。同学中也开始悄悄议论，说她怎么突然变成了全班最出挑的女孩——郭道海老实，他没敢问女孩变化的原因，只是存了一肚子的狐疑。一天放学，女孩示意郭道海在校门口等她。他俩避开同学们离校的洪流，来到一家小小的西餐厅。女孩对他说，今天她请客，答谢郭道海多年的帮助。郭道海没有拒绝，等待着女孩揭开秘密。那一刻，离晚餐时间还早，西餐厅里空荡荡的，女孩将故事原原本本告诉了小伙子。她说，她的家族，多数在海外生活，这里，只有女孩与她父母。最近，海外亲戚回来，找到他们，要他们出国去，那里有女孩爷爷辈留下的巨额遗产，等待着他们去继承。女孩殷切地询问，郭道海今后是否可能去海外求学？她说，只要郭道海愿意出去，她会求父母帮助郭道海。那还是"文革"结束没几年的事情，国门刚刚打开一条缝，对于普通家庭的孩子，出国读书，尚是可望而不可即的梦想。郭道海想到自己的家庭，父母的工资，刚刚够家里三餐，严寒的冬天，母亲不舍得买双厚实的手套，从菜场提着篮子回家，手背冻得通红，皮肤裂开，让做儿子的十分难受。他想过，只要自己工作了，第一个月的工资，就是给母亲买一副皮手套。出国留学？郭道海绝对不会有此非分之想。他躲避着女孩殷切的目光，垂下脑袋，郁闷而干脆拒绝了那份充满美好情愫的期待。

女孩十分失望，怏怏地走了，去了遥远的国度。起初还有信过来，渐渐地，那信越来越少。是的，两人周围的世界变得截然不同，还会有多少共同的话题呢？那段不了了之的情感，是郭道海内心的伤痛，也是他长期关闭心灵窗户的原因，直到鹭鹭闯进他的生活——

难道这是他的宿命：在男女情感上，难逃不了了之的结果？

郭道海满腹心事地回到办公室。可以理解，在如此纠结的心境中，他对牛副总的寒暄，实在没有认真回应的心情。

第十三章

第二天下午,临近六点,冬日,天色暗得快,窗外的街灯早早地亮了,灯光在树枝间探头探脑。严寒的日子,容易饥肠辘辘,不少同事已经准备下班,开始整理包包,心里盘算着,家中有啥好吃的在等候。

秦含去北京后一直没有消息,鹭鹭心急如焚。她想好了,今天晚些下班,兴许,秦含要等办公室没人了,才打电话过来。前不久,秦含去南方出差,直到晚上七点才打来电话,幸亏鹭鹭耐心地在办公室等着,用一只面包充饥。女孩想,这家伙鬼得很,天生会搞地下工作,经验丰富。有一回,鹭鹭对秦含说,现在科技发达,发明移动电话了,我们各有一只的话,联系就方便了。秦含笑笑,说那是做生意的工具,老板拿着招摇过市的,别说贵得不得了,就是买得起,你个天仙似的美女,捧着块大砖头,也不像啊。市面上卖的移动电话,黑乎乎的,壮实得很,确实有几分像砖头,这话让鹭鹭哭笑不得。

还没等到同事们离开办公室,鹭鹭桌上的电话分机铃响了,鹭鹭一惊,赶紧接起来。果然,是她望眼欲穿的人儿打来的。因忌讳总机的耳朵,他们的对话十分简洁。

秦含:我到虹桥机场了。

鹭鹭:噢,谢天谢地!

秦含:三刻钟,能到单位。

鹭鹭:嗯,明白了。

所谓心照不宣,二十多个中文字的交流,他们领会了彼此的意思。秦含用机场的公共电话,及时把到达的消息通知鹭鹭。由出版社总机接通的电话,不能说太多的想法,他暗示女孩,希望她在办公室里等候下一步的消息。

秦含把时间掐得十分准,六点半刚过,鹭鹭重新听到电话铃声,这一次,是打了编辑室的直线。反正同事们全部下班了,直线摆在门口的桌上,没别人会抢先接,鹭鹭赶紧跑过去听。她料定是秦含的电话。

这一次,是直线了,当然可以随意说。

秦含:我没有进单位,就在附近,路边的公用电话。

鹭鹭:外面冷得很,为啥不回社长室?

秦含:小李十之八九还没走,他一般要七点才离开,担心有重要电话过来。

鹭鹭：敬业得很啊！挑到这样的秘书，是你们的福气。那么，你说，哪里见面？

秦含：去我家？

鹭鹭：不，我不去！

秦含：为什么不去？你去过，认识路啊！

鹭鹭：就是不去，坚决不去！

她十分坚定地拒绝秦含的提议，同时，内心不由涌起几分委屈。秦含结婚几年了，娶的是军内高官的女儿。婚房是女方家长张罗的，虽然不在营房内，但四周全是部队家属，眼光厉害啊。年初，秦含妻子出国留学，房子变成秦含独住。鹭鹭经不起秦含的死磨硬缠，到他家去过一回。那次非常深刻的印象，倒不是两人的浪漫缠绵，而是秦含送她出门时的情景：邻舍的一位大嫂，双眼狠狠盯住鹭鹭，目光从她头顶扫到脚上，又从鞋子返回到她脸上；那眼神如入无人之境，很嚣张地在她周身巡视，无所顾忌，犀利得像把锋利的刀子，似乎可以把她的脸蛋一道道割出血来。鹭鹭窘迫不堪，冰雪聪明的姑娘，完全读得懂大嫂的眼光：人家老婆刚刚出国，你一个女孩子家，送上门，要脸不要？鹭鹭当时就做了决定，今后坚决不再去秦含的家——那个出国女人空出来的巢穴。那算啥？说出去多难听！这些哀怨的想法，她曾经委婉地告诉过秦含。莫非他全然忘记？或者根本不在乎女孩的内心感受？今天，秦含再次有这样的提议，让鹭鹭的心里十分不爽。

鹭鹭有时会产生奇怪的联想：和郭道海交往的时间不能算很短，但他呆笨到不可理喻，竟然连搀搀手的尝试也不敢；一起乘公交车，车子摇晃，两人的身子撞到了一块，郭道海一边躲闪，一边紧张地抱歉，"对不起，对不起！"本来无所谓的事，他一道歉，反让鹭鹭窘迫起来。和秦含的关系呢，截然相反，跨越同事关系，以朋友身份交往其实没多少日子，他竟然就无所顾忌地做出种种亲昵动作，甚至敢提出去他家。自己一时头脑发热？怎么就冒失地接受了呢？是郭道海迂？是秦含坏？还是自己傻？不管怎么想，鹭鹭确实很难控制自己的情绪，很难抗拒秦含赤裸裸的进攻。她觉得身不由己，深交的时间虽然不长，已经对秦含一往情深。秦含说，他妻子出国读硕士，肯定不会回国了，而他当然不会出国，他事业的基础在中国，在此地有名有利，跑出去啥也不是，不见得去洗盘子伺候高鼻子？他的意思，自然是向女孩表白，他的婚姻，由于妻子离去，变得有名无实了；他与鹭鹭的交往，并非随便玩玩，有长远的盼头。鹭鹭当然希望如此，努力说服自己相信他的话。情况明摆着：在国内不顺、过得不舒服的人，争相跑出去，情理之中；秦含，没那个动力，他事业有成，年纪轻轻，升到了副总编辑的重要位置，前程无限，在各层面还有一帮用得上的朋友，他为什么要离乡背井，跑到海外去另起炉灶，白手起家，重新奋斗呢？鹭鹭反复想过，秦含夫妻俩，为啥一个出去，一个不愿出去，莫非真是缘分尽了,不想再过下去,南辕北辙,各走各的阳关道?这种状况,社会上很多,一方在海外扎下根,另一方不想漂洋过海,日久天长,感情淡漠,末了各寻各的方向。她想来想去,闷葫芦不是好办法,需要寻找合适的时机,干脆把问题摊开来为好,向秦含问个清楚,他肚子里究竟是啥算盘。

秦含在电话的那头沉吟着,鹭鹭也屏住呼吸,不吭声;双方僵持片刻,结果还是秦含让步了,"好吧,听你的。不过,我们需要立刻谈谈,是很重要的事情。我这次去北京,了解到许多情况,要马上告诉你。"

"可以啊,只要不去你家,别的地方随你选。"鹭鹭干脆利落地说。

"还是约在新锦江对面的小饭店,我先去占位,你马上过来!"

秦含痛快地让步,聪明女孩当然猜到他的想法,他目前的精神主要集中于应对眼下的危机,不想节外生枝地争吵。鹭鹭赶紧搁下电话,去收拾自己的提包。谁料,才一分钟,那边的直线电话又响起来。女孩纳罕,难道他又改变主意了?她只得再次跑去接听,原来,秦含想起重要的事,特地关照,要把借出来的丛书档案带去饭店交给他。鹭鹭犹豫地问:"社里有规定的,已经归档的材料不能带出本社啊?"

秦含一笑,"你傻啊!谁会知道啦?这材料是你借的,今天带给我,就是交给领导,今后责任归我承担!"

鹭鹭见他如此说,不再反对。他是副总编,材料交他手上保管,谁也无法说三道四。

这天的晚餐,气氛相当沉重。

这家小饭店的菜肴,是地道的上海本帮口味,而且主打上海人的家常菜。油光发亮的炒鳝丝,黄鳝新鲜,肉头厚实,炒得油光光,放进嘴里,喷香嫩滑;葱烤鲫鱼,将爆得香脆的青葱,塞满了鱼肚,香喷喷,肥腻腻;笋干烧肉,这一道菜各家做法不一,此店,笋干不放酱油的,肉也是白嫩嫩的,但含嘴即化,那股香味,把食客的味觉充分调动起来。鹭鹭属于美食家,什么均敢吃,唯独不吃辣——她不是怕辣,只是不喜欢辣压过了其他滋味。她特别喜欢的,是各种江南风味的菜肴,喜欢做法的精致。陆文夫的中篇小说《美食家》,她百读不厌,甚至多去了几回苏州,只为了照小说的描述,去寻找绝佳的苏州名菜。不过,今天她失去了仔细欣赏美味的兴致。秦含带过来的消息,把品尝佳肴的心情彻底破坏了。

刚落座,秦含立刻询问出版社内的情况,他去北京两天,关于丛书问题,有没有新动向?鹭鹭闺蜜的编辑室就在社长室对门,她给鹭鹭报的消息,局长办公室主任昨天已经来查看过材料。那女孩贴心,听鹭鹭说,丛书的事有麻烦了,便生了心,等局办的人离开,就去秘书小李那里探听虚实。小李的口风紧。没关系,女孩眼尖,一眼看清,小李桌上摆着一厚本的《会议记录》,就知晓来人的目标是啥。秦含听罢这些情况,微微叹息,不无嘲讽地道:"行政部门查处事情,熟门熟路,雷厉风行啊!"

"还有更快的动作。"鹭鹭补充道。昨晚,她回到家,听爸爸嘟囔,说郭道海变得眼里没人,去局里谈话,回来也不说个究竟。平时,女儿烦老爸提两个人的大名,一是秦含,二是郭道海。不过,这一次她没烦,还顺口问,局里为啥找郭道海?她爸横女儿一眼,竟然气鼓鼓回答说:"你找他问啊!"父女俩话不投机,就此打住。

秦含听鹭鹭这么一说,眉头皱起,喃喃地道:"搞什么鬼!大惊小怪,一套书,至于这么心急火燎,开始从我们内部查找问题了?"他生气地放下筷子,竟然说出句与牛副总意思差不多的话,"你何妨找郭道海问问,他保险肯说。"

鹭鹭正小心翼翼对付鲫鱼,细细抿着,将骨刺吐出来,被秦含的话一呛,险些让鱼刺扎了舌头,她生气地道:"你这话,什么意思?"

他们交往的时刻,很少提及郭道海的名字。在秦含这里,是为了显示大气,并非小肚鸡肠的男子;鹭鹭的心态,觉得郭道海与自己的交往,极其一般,总共吃过三次饭,坐过两回咖啡馆,连一起逛马路也没有——那书生脸皮薄,惟恐碰到熟人,因此,他们的关系,简单到几乎算不上真正在谈朋友。再说,书呆子从来没有做出任何亲昵的动作,拉拉手的小细节也没有。因此,鹭鹭觉得没啥可说的,没有需要对秦含坦诚相告的内容。这会儿,秦含冷不丁一句带刺的话，自然让女孩又意外又生气。自己老爸如此说，鹭鹭忍了，秦含竟敢冷嘲热讽，也说这样欺侮人的话？

秦含笑笑，不慌不忙回答："没特别意思。我是说，他非常欣赏你。你肯开口问，他自然要回答。"

鹭鹭见秦含阴阳怪气，越想越不是滋味：她为了秦含，硬生生拒绝与郭道海的联络，斩断了书呆子的所有念想，秦含不领情，还敢挖苦她？鹭鹭一咬牙，一瞪眼，"你让我找他？好啊，我马上给他电话，请他出来夜宵！"

秦含见女孩真的动怒，忙不迭认错，承认自己言语不当，并解释道，自己失态，实在也是为当前的局势急躁而已。他随即转变话题，说起在北京这两天的收获，从朋友处了解到许多重要情况。他心急火燎，下了飞机，急忙找女孩，正是要谈这些内容，倒并非饥渴于甜蜜的幽会。刚才，他邀请鹭鹭去家里，仅仅是希望找个说话放松的地方。

秦含在北京的几位朋友，全是高干子弟，消息灵通人士，几杯酒下肚，吹起牛来海阔天高，似乎他们亲身参加了各种重要会议。去年和今年年头，他们给秦含的种种消息，是促使秦含下决心搞《市场经济常识丛书》的主要原因。按他们当时的说法，好像这巨大的变化，打开市场经济大门，就是明天或者后天的奇迹。才过去十来个月，这次，在秦含的饭局上，他们的口吻远没早先那么乐观，说到中国经济体制改革的走向，要么是语焉不详，要么是认为倒退的可能性大。去年，他们还振振有词，强调只有市场经济一条金光大道，认为"有计划的商品经济"纯属过渡时期的用语；这回见面，则忧心忡忡，纷纷担心将完全退回计划经济的笼子里去。秦含不解地追问，导致如此大变化的原因，关节在哪里？哥们笑话他的问题，说他天真幼稚。有人半开玩笑地回答，你们下面来的人，总以为上面做决定干脆利落，有快刀斩乱麻的气势，其实，下面的人哪里搞得明白，七嘴八舌，到处差不多。今儿你占上风，你的话就是政策，明天呢？说不准另一股风刮起来，强劲得很，风向就会变；所以进进退退，潮起潮落，今天刮北风明天刮南风，是非常正常的。真能搞个一清二楚，兄弟就不是坐这里与你喝酒瞎扯了，早去了你进不得大门的宝地啦。秦含被他们不阴不阳地嘲弄，脸上不由一阵青一阵白，顿时觉得自己矮了半截。"下面的人？"秦含听懂了，他们嘴巴上叫哥们，叫兄弟，骨子里，哪里有他平等的份儿。难怪高干子弟接待各省的朋友，习惯说一句，"去见下面来的客人啦。"

　　秦含不想自讨没趣，继续刨根究底。尽管搞不明白底细，上层的风向算探明白了。那份针对他们丛书的批示，确实不是魏书记心血来潮，练练书法写下的字句。魏书记消息灵通，显见得摸清了风向，才会下此狠手。秦含感觉阵阵寒意袭来，他主持的这套丛书带头鼓吹市场经济的方向，恐怕犯大忌了。一位北京的哥们拍拍秦含的肩膀说，兄弟，回去赶紧准备写检查，认认真真检查，深刻到骨子里检查！挨批肯定逃不过，搞不好中头彩，成为吓唬猴子的那只鸡，那就彻底完蛋！他劝秦含看清风向，低下头来，先躲过这一劫再说，千万不要硬顶。秦含心想，我走到这种窘境，原先也是听你们的指点啊！心里如此想，嘴上不便说，他还是笑呵呵地谢了那哥们。

鹭鹭已经在吃最后一道菜，用香喷喷的黄豆猪蹄汤，泡了一些米饭。据说，冬天喝这汤大补。鹭鹭身材好，不在乎猪蹄的油腻，反而喜欢那个肥肥黏黏的口感。不过，秦含的诉说，使她无法细心品尝那碗汤的美味，只是为了填饱肚子，快快地把汤泡饭咽了下去。在鹭鹭的眼中，秦含是有气度的男人，具备天崩于前、地裂于后依旧不动声色的定力。她十分信任他，从而依赖他。此时，秦含言语的紧张，眼神中难以掩饰的慌乱，实属罕见，至少鹭鹭没看到过。这让女孩十分惊讶，同时，也深深懂得眼前局势的严峻。怎么办？秦含似乎说不分明，仅仅是把底牌亮给了身旁的合作者，让鹭鹭更觉惶惑。也许，只有走一步看一步，听天由命，如那位识时务的北京哥们所说，先躲过一劫再作打算。不过，鹭鹭心有不甘，那套书，她花费了多少心血，仅读校样，也是几十个不眠之夜。她相信自己的判断，书没啥问题，质量是过硬的。

这顿晚餐，持续的时间不长。秦含说车船劳顿，疲惫不堪，要早些回去睡觉。鹭鹭和他小别两天，本想多些时间闲聊，见他打不起精神,知道无法勉强他,只好随他去。八点多些,饭店里的顾客,还是热闹地拼酒喧哗的时刻,他们唤老板过来结了账,就准备分手,各自回家。鹭鹭想到秦含曾在电话里郑重关照,赶紧把那份书稿档案从皮包里取出,递到他的手上。看得出,秦含非常重视这份资料,小心翻看几页,随后放进了自己的公文包。他问清楚了没有别人读过材料,连声说好,似乎放心不少。他认真告诉鹭鹭,这份档案由他负责保管了,谁问起,就推给他。

走出小餐馆,鹭鹭又想起一件事,告诉秦含:"今天上午,我爸去了华东医院找主治医生谈过,初步检查结果,唐社长情况不太好,医生怀疑是癌症,不过,还要进一步检查,以便确诊。"

秦含不由一惊,"噢,是这样!我原来以为,他是躲进医院避难去了。"

"不会的,唐社长是靠得住的领导!"鹭鹭由衷地回答,她对唐社长的印象一直很好,唐社长认为她是个人才,不舍得放她离开,也让她感动。这两天,鹭鹭重新翻阅《市场经济常识丛书》,回忆起发稿前的一个细节。秦含约一位大名人写篇序,序言开门见山,说本丛书是出版界发出的轰天雷,必将在社会各界引发巨大反响,对中国经济发展的影响力,怎么估计也不为高。唐社长读了序,不赞成文中夸张的说法,坚持不用此稿为序。他的决定曾经让秦含相当生气,在背后对鹭鹭嘟囔,说老头儿上了年纪,胆子越变越小,好不容易约来的序否决不用,他如何对大名人交代,云云。当时,鹭鹭也不甚理解唐社长意思。唐社长说:"我们是做文化的,不必张牙舞爪,讲究润物细无声。"鹭鹭心想,做书当然是影响越大越好,怎么算张牙舞爪?后来,唐社长亲自动笔,写了个简短的"出版前言",主要意思:本丛书的宗旨,客观介绍市场经济各方面的情况和知识,供读者研究、比较、思考。

那时候,鹭鹭觉得唐社长过于四平八稳,现在回头看,姜还是老的辣,他思维清晰,谋划周详。鹭鹭说:"唐社长是难得的好领导啊!"她没有重提当初那序的事情,她知道,秦含自尊心极强,尤其容不得鹭鹭说别的男子比他强。有一次闲聊中,她无意提及郭道海,说他纯属书呆子,生活上马大哈一个,唯独讲起历史文化立刻双目发亮,那本谈明清戏剧的专著,连鹭鹭的老爸也赞不绝口。没想到,秦含竟勃然变色,满脸布上乌云,瞪大了眼睛,恶狠狠地挖苦说:"你爸是学者,郭道海的学问,更是了不起啊,你应该乖乖向他请教,做他的好学生!"鹭鹭被他难得一露的狰狞面目所惊吓,晓得他是醋缸子打翻,心中气恼,又不愿意为此与他翻脸,只得忍了,不计较他的蛮不讲理。以后,知道他脾性,就不敢再在他面前说起郭道海。

秦含并不知道女孩心中的想法,只是顺自己的思路说下去,长长地叹了口气,"这个关键的时刻,如果有唐社长在,老革命,老资历,可以挡一挡!现在,只能靠我们自己啰!"

第十四章

离开饭店，道别的时刻，鹭鹭默默无语，手指轻轻地拧着围巾的角，眼神躲开了同伴的注视。秦含敏感，从女伴忽闪的目光里，他看出鹭鹭的依依不舍，对他急于分手明显抱着不满。往常，他会显示绅士风度，照顾女孩的心情，温柔地抚摸对方的肩胛，留下来多陪她一两个小时，再说说甜言蜜语。今天，他心中实在很烦，没有这种情意绵绵的心境。去北京奔波两三天，身体累无所谓，年轻啊，喝杯浓咖啡就挺得住。现在是心累，累到深处，累得发慌，直累得大腿肌肉酸软，没了支撑骨架的力气；荷尔蒙被烦恼消解了，哪里还有闲逛大街的兴致，不愿陪着女孩漫无目的地溜达。

大学毕业，秦含直接进入出版业，后来，看见社会重视学历，赶紧又读了个在职的硕士。这些年头，他大体上一帆风顺。"好风凭借力，送我上青云"，他获得多种荣誉，被树为年轻一代出版人的标杆。眼下，他却心乱如麻；那种乱了方寸的感觉，不知所措的滋味，甚至大难将至的预感，好像还是第一次品尝。

秦含站在街角，看着鹭鹭俏丽的背影在灯光下渐渐远去，女孩的身影被街灯拖得细长，飘飘忽忽，时而隐没在梧桐树投下的暗影中。她走得很慢，似乎知道身后有眼睛盯着，不舍得快快消失。秦含明白，只要他招呼一声，女孩就会转身小鹿般飞奔到他的跟前，给他一个甜蜜的吻。不过此刻，秦含确实是没那份心情。卿卿我我，如胶似漆，属于春风得意时的锦上添花，却不适合秦含眼下的情绪。他心底一声叹息：《岳阳楼记》中，所谓"阴风怒号，浊浪排空"与"上下天光，一碧万顷"，真个是写尽了人之心境演变的快速，和自然界的无常，果然是差不多。

他俩的关系，对外，秦含只肯承认是合作默契的同事，互为知音。但在心中，他知道缘分难得，不是逢场作戏；身边来来往往的女孩多了，像鹭鹭一般能直达心底的，就是凤毛麟角了。他真心喜欢她。她有魅力，又性感，多智慧，而且对他一往情深。他的妻子，出身高贵，对他事业的起步有天然的帮助；而鹭鹭则凭本身的素质，吸引着他，并使他获得如虎添翼的动力。他多次暗自想过，不考虑其他因素，仅仅从人品外貌诸方面选择，他肯定要挑鹭鹭作为人生伴侣。可是，生活没那么单纯，纯粹的两性情感，只属于文学作品。这一回，麻烦捅大了，大到北京的哥们朋友均害怕，如何消灾，乃当务之急。局里已经下来查看会议记录，眼见得会有厉害动作。秦含聪明，凡事预则立，不得不防。他想，妻子出国，老丈人在啊，他的身份和影响力摆在那里，是秦含最后的依靠。假如真像北京哥们所说，他将成为吓唬猴子的那只鸡，秦含只得服软低头，求妻子帮忙啊！请她打个越洋长途回来，对他爹发一阵嗲，不怕老爷子不说话。魏书记是军人出身的干部，与他妻子的老爸即使没在一个部队同事过，总有千丝万缕的联系。关键时刻，老爷子八成帮得上！

秦含这才想起，好一阵没去老丈人家里探望，妻子出国以后，秦含忙工作，业余时间又想多陪陪鹭鹭，免得女孩孤独不乐意，老丈人家自然去得少了。常常是晚上打一通电话，敷衍地慰问一番而已。他想，不能事到临头才烧香，临时抱佛脚很傻。秦含果断决定，不管眼下心烦人累，得马上去一趟老丈人的家。他拿定主意，转身走进淮海路上的第二食品商店，那里的东西靠得住。他挑了两瓶茅台酒，让售货员包扎得道地些，拎起来像模像样。老头儿就好这一口，有酒送上去，老军人的心情不会差。秦含出了商店，回到大街上，扬手叫辆出租车，就直接往虹口方向而去。他的老丈人住在那一带的小别墅里。

妻子与秦含在大学里是一个系，而且同年级同班。同窗几年，起初，秦含没在意这位不甚耀眼的女同学，不高不矮的身子，恰到好处的五官，有几分姿色，却不算出众。估计她是普通市民家庭的孩子，家境不会太好，她从来不邀请同学到家里玩，八成是家里寒碜，不方便接待客人。秦含是班级甚至年级里的学霸，模样英俊风雅，女孩子青睐他的不少，时常有人主动套近乎。秦含沉得住气，没有随意放任青春激情，对女同学的鸟语花香淡淡应对。他记得某本名人传记说过，对胸怀大志的人来说，过早的婚姻是枷锁。他非常理性，希望未来的婚姻能帮助他事业有成。他的冷漠，使不少仰慕他的女生黯然神伤，不得不望而却步。未来的妻子也曾多次借口学业方面的难题，寻求机会，与秦含个别交谈。秦含客客气气指点一番，仅此而已，绅士风度，礼貌周全，却没有流露任何热情的言语。

大四那一年春天，临近毕业，五一节期间，十来个同学相约去普陀山游玩。在岛上住了两天，算是分手前的纪念活动。岛上的海鲜，自然比上海丰富得多，让消化能力强的年轻人兴奋，胃口大开。秦含贪嘴，吃了大鱼大虾，又吃了一堆叫得出名或者叫不出名的蚌，吃到胃胀还不肯罢休，吃过头了。那天，又有同学起哄，用各种名义拼酒，学霸总是被众人攻击的主要方向。秦含啥地方也不肯示弱，仗着自己酒量不错，来者不拒，就多喝了一点。

当天夜里，在普陀山简陋的旅店中，秦含突然胃疼，疼得难以忍受。他佝偻起身子，豆大的汗珠雨水般流淌，脸色顿时可怕地由红转青，在昏黄的灯光下，渐渐又变得灰白灰白，好恐怖的脸色！同学们围住他，不知有什么办法可以减轻他的难受，面面相觑，束手无策。和他拼酒的男生，后悔得连连捶胸顿足。夜里，没有渡船，根本无法去陆地；海岛上，夜风呼呼，黑咕隆咚，旅店的服务员也不知道哪里可以找到医生。几个女同学着急地大哭起来。女生中，唯一没有哭泣的是她。她临危不乱，仔细观察着秦含的神色，想了想，冷静地走到旅店的柜台前，抓起那个老式的摇柄电话，使劲摇了几圈，大声要求接线员为她接通某个号码。过了片刻，她放下电话，走回秦含的床前，心疼地凝望着病人煞白的脸，轻轻俯下身，几乎凑到他耳朵旁，对他说："你再坚持一会儿，医生很快赶到！"那一刻，她脸上浮起天使般妩媚的微笑，让虚弱的秦含获得了被拯救的希望。她纯洁无瑕的微笑，深深烙进了秦含的脑海，直到新婚之夜，秦含还清晰地记得那天的一切。婚后，妻子多次怨恨地埋怨，如果不是病魔入侵，逼你低下高傲的头颅，你这个笨蛋，眼中无人啊！

普陀山之夜，后来的情节无甚传奇：附近海岛上开来交通艇，上面载有解放军部队的医生，秦含获得了及时的治疗，避免了胃穿孔之类的灾祸，同时，他敞开胸怀，接纳了一位女同学的痴情和芳心。可惜的是，女同学辛苦保守了四年的秘密一下子暴露无遗，她并不是普通市民的女儿，她的朴实无华，只是一种自我保护，她的父亲是经历过抗日战争的勇敢的将军。

此刻，秦含坐在出租车上，朝老丈人家疾驰而去。他想到自己和妻子的种种往事，心中的滋味上下翻腾，相当复杂。不得不承认，这场婚姻对秦含的前途十分有利，这是他的台阶，坚实的台阶，帮助他从普通干部家庭跨入上层圈子。比方说，北京那帮高干子弟，是秦含各种内部消息的来源，没有丈人的关系，那个圈子的门也找不到。秦含走到副总编辑的位置，主要是靠自己的奋斗，靠出众的才华，不过，其中微妙的关节，谁讲得清呢？负责考察干部的那些组织员，面对一位老将军的女婿，总是容易多看到一些闪光点，写出来的考察材料，肯定性的语言篇幅比较长，细节也相当丰富，而缺点之类往往落在最后，是一条似有似无的尾巴。这些铺垫，加快了秦含上升的速度。有得必有失，天下没有完美的风景，秦含也会体验到被压抑的不愉快的情绪。有时，免不了吹过几许风言风语，让耳朵听着很不爽，"他么，沾高干丈人的光啦!"这种时候，秦含假装镇定，左耳朵进，右耳朵出，努力不被干扰。另一种难受，是在老丈人的家庭里，他得记起老爸唠叨过的话语，小心翼翼地夹起尾巴，扮演孝顺的好女婿，外加温柔的好丈夫。万分无聊的时刻，他悄悄想过，十分卑劣地想过：老头儿总有老到吆喝不动、没了脾气的一天吧？那时，我就不用装孙子啦!

夫妻之间，还算相安无事，女人好不容易俘虏了他，比较珍惜。她没有仗着家庭的显赫，在他面前作威作福，人多的场合，特别在干部子女聚会的场合，还有意多夸夸他，尽力维护丈夫的自尊。不过，大约在两年前，他们之间产生很大的冲突，爆发了激烈的争吵，吵到险些闹崩的地步。起因，是出国留学的问题。他们俩，新婚时就有打算，要一起出去，到欧洲读硕士，最好读到博士。各种关系打通了，钱也筹备好了，该办理出国手续的时候，却正好碰到上面强调培养青年干部，优秀如秦含属于大热门，社内社外纷纷传说，他有望被提升为副总编辑。秦含的想法顿时发生变化，认为人生好机会难得，不能轻易放弃。他提出，让妻子先出国，他继续好好奋斗几年，假如弄不出大名堂，他再出去不迟。妻子当然不愿意，她是高干家庭出来的，对一个出版社副总编的头衔，有些看不上眼。她说："你再拼命，超得过我爸？"在女人心中，孤零零飘荡异国他乡，哪里像有丈夫相伴心中踏实？这一次，他们吵得不可开交。激烈程度，是婚后头一回，吵急了，连一拍两散的话也说出来。秦含忍住脾气，软硬兼施，控制了局势，没有让争吵变成决战。不过，他态度软化，立场依然强硬，坚持要留在国内；他觉得，中国正处于大变革的时期，机会实在诱人，自己一身才华能力不发挥出来，太可惜了。作为妥协，他答应妻子三年为期，到时他没有大作为，一定出国留学去找她。连哄带骗，才把妻子勉强安抚下来。

现在，离三年之约为期不远，谁料到会发生这么大的事情。秦含的初衷，搞《市场经济常识丛书》不是捅娄子、找麻烦，而是为了实现自己的人生抱负，在社会大转型时期冒个大泡，立个大功，为今后的展翅高飞添一副坚硬的翅膀。有朋友说过，年轻的时候，你得做些不寻常的成绩出来，可以被人长时间说说的事情，对往后的一帆风顺大有好处。秦含觉得搭准了脉搏，找到了攻击的好目标；谁知，人算不如天算，遭遇如此严重的危机，实在始料未及。

假如秦含去求妻子，要老丈人出面帮自己说情，那正好掉入妻子的陷阱。她肯定说，你麻烦缠身，还干得成什么大事啊？三年之约也到了，磨叽个啥，出来算啦！

当然，这是秦含最后的退路，实在无路可走，与其灰溜溜的在这里挨批，抬不起头，不如飘洋过海，追随妻子而去。妻子出去之后，秦含不安分，追到了优秀的鹭鹭，享受着甜甜蜜蜜的私情。尽管如此，秦含一直小心翼翼维护着与妻子的联络与交流，下意识，不也是为了留好出国换档的退路吗？

第十五章

第二天一早,太阳刚刚爬上屋脊,满街行色匆匆:女孩优雅地捧一杯饮料,男孩急吼吼地啃着早点,从各种公交车辆上下来,直奔各自的工作场所。秦含昂着脑袋,精神饱满地走进出版社。他看过一部叫《大班》的电影,里面的男主角,是在香港奋斗的一位英国绅士,不管顺风顺水还是灾难临头,始终昂首挺胸,腰板笔直,那种高贵的风度,让秦含印象深刻。在这个前途莫测的当口,秦含必须加倍注意个人形象,别让小心眼的家伙暗地看自己笑话。

秘书小李见到他,高兴地说:"牛副总要召集班子碰头会,还担心你没回来呢!刚才给你家里电话,没人接,原来你已经出门了。"秦含淡淡一笑,回答道:"昨夜回来很晚,所以没有给社里通报。"说完,心里暗自好笑,这个老牛积极得很啊,已经开始像模像样主持工作了!在他眼睛里,鹭鹭的老爸顶多是个迂腐得没甚出息的老知识分子，过时过了节气的人物，如果不是看在女孩面上，他真懒得搭理牛副总。有一次，和鹭鹭分手之后，他一面回味方才的甜蜜，一面纳闷地寻思，这般木瓜脑袋的父亲怎么会生养如此鲜活水灵的女儿？不过，再一细想，他又释然，本人的老爸胆小怯弱，和自己喜欢天马行空，也差距极大啊。

九点半，在会议室里，除了住院的唐社长，班子其他四个人到齐了。牛副总身板挺直，端坐在会议桌正中，脸色显得凝重，宣布班子的会议内容。他先通报了昨天在医院了解到的情况，唐社长身体检查的结果虽然还需要作进一步检查，总体不容乐观，基本判断是结肠癌，是否扩散到其他部位，还需要请一些专家进行会诊。医院将根据会诊的结果，决定是否尽快采取措施，八九不离十，估计手术是不可避免了。

王副社长敲敲脑袋，黑瘦的脸上布满了愁容，"唉，这个紧要当口，社里怎么少得了老唐啊！不是说心中疙瘩多的、肚肠九曲十八拐的人，才会生癌吗？唐社长大好人一个，脾气小，心胸也放得开，怎么会得这个病？"

秦含瞧瞧他，"你相信街上大妈们的七嘴八舌？现代医学对癌症成因，认识尚不统一，脾气性格到底占多少因素，专家也说不清；也许，基因更加重要。"

王副社长不以为然，"我知道基因神奇，不过，唐社长双亲均为自然老死，没听说有什么蹊跷的病。"

秦含笑他,"王副社长读医学书很少吧?基因遗传,未必仅仅是父母基因,隔代遗传的可能性很大!再说,过去老人寿命不长,五六十算长寿,很多病还来不及发出来——"

郭道海没有注意他们的斗嘴,担心地向牛副总发问:"唐社长自己晓得吗?"

"我在医院听到消息的第一反应,也是觉得要瞒住他。"牛副总回答,"不过,检查报告出来的时候,他家属正在医院,老太太紧张失控的情绪,哪里瞒得过精明的他。他盯住了问,还逼着把检查报告拿给他过目,早晓得了。"

王副社长顾不上继续和秦含争论,赶紧追问:"唐社长情绪怎么样呢?我得马上去看看!哎,老牛,你这会议长不长?"

牛副总瞧他一眼,摇摇头叹道:"唐社长再三关照,不要大家跑去医院,照常安心工作。他说,会好好配合医生治疗,要我们抓紧处理目前的危机。"

郭道海想起唐社长对大家的种种好处,眼圈红起来,只得低下脑袋,尽量掩饰自己的神情,轻声说:"到这种时候,唐社长想的还是社里的事情!"

秦含说:"他知道眼下麻烦多多,自然放心不下。"

牛副总问:"你去北京一趟,了解到多少新情况?"

秦含略一沉吟,想到北京那几位高干子弟的冷嘲热讽,不愿意和盘托出,便含糊地道:"不知是什么原因,朋友们口风收紧了,个个不肯多说啥,我反复问,也问不出什么名堂。"

王副社长大大咧咧地说:"不可能吧?你的朋友们,向来豪爽得像那个猛张飞啊!"

这话,多少带着嘲讽,平时,秦含吹起朋友圈的神通广大,历来不谦虚,好像北京地面上,没有他了解不到的消息。秦含眉头一皱,不屑地回答:"你王副社长不妨自己跑一趟。春夏秋冬,时令不一样,也许是因为当下风向不对,人家谨慎,不愿多说,我有啥法子?硬撬他的嘴巴?"他看看各位的表情,为了表示自己的车旅费没有白花,接着补充道:"我去过署里的图书司了,司长不在,见到两位处长。他们的态度比较明确,认为我们不可大意,因为高层认识没有统一,我们抢先出版这套《市场经济常识丛书》,眼下可能犯忌;要我们认真研究,先仔细查一下书的内容,看看有没有不妥当的文字,接下去,根据本市出版局的意见,再考虑善后问题。"他说话时,眼睛瞄了一眼小李,见秘书认真在做记录,刷刷写得飞快,估计把自己的发言记全了,不由放心地点点头,补充一句,"回来的路上,我依照署里的意思,认真反思,我作为选题的具体执行者,应该勇敢承担什么责任?"他说出此番言语时,心里想到的是北京那哥们的忠告,目前宁可低下头,忍气吞声,过了这一关再作打算,绝对不要成为那只挨刀子吓唬猴子的鸡。

秦含态度的突然变化,让在座的同事们摸不着头脑,均感到吃惊。前两天,唐社长开会传达魏书记批示的时候,他还一肚子的不满意，高声反驳。今天似乎变了个人，说出话来大不一样。北京跑一趟，想法一百八十度大转弯，速度快啊！不过，他发明的新名词"选题的具体执行者"，又让在座的几位费猜量：这个算啥意思？尽管选题是用鹭鹭的名义提出的，不过，社领导们心知肚明，那种走在时间前头的思维能耐，非秦含莫属。他明明是本丛书的始作俑者、主要策划者，此刻怎么仅仅变成具体操作者？

牛副总主持会议，需要掌控局面，顾不上细想，他看看秦含，随后，目光徐徐扫视各位，郑重地说："秦含从北京了解情况带回来的意思，与局里的要求，包括唐社长对我的关照，大体一致。现在，我们先不讨论唐社长病情，转入今天会议的第二项议程，研究一下，必须向局党委报告，本社领导班子能不能取得新的共识，对《市场经济常识丛书》这套书的安排，下一步怎么做？怎样善后？我们要拿出实在的意见来。"

牛副总的声调缓慢而沉重，显示出内心的不安，没有主持者应当具备的冷静和不动声色。当副手与当一把手的味道不一样，他现在体会很深刻。副手，需要多考虑具体操作，习惯理解主要领导的意图；一把手呢，得有深谋远虑的本事，走在时间的前面，并且给人不容置疑的信心。看得出，牛副总还未成功转型，他对新压到身上的担子，颇感吃力。钱锺书的《围城》，没有多少令人敬畏的理论，却具备一种魅力，就是把人人能够体会的人生哲理转化为一种具象：里面的人想逃出来，外面的人想攻进去。钱作家的感悟,是对婚姻的解说,其实,何止婚姻,各处能借用,才算高屋建瓴之见识。在正副职务的问题上,也差不多啊。做副职的,梦里亦想扶正;做正职的呢,常羡慕副职轻松自如,承担的风险和压力小。

牛副总见同事们没有马上回应,等了几分钟,又告诉各位,局长已经到医院看望过唐社长,希望他安心治疗养病,社内的事务全部交给牛副总和几位同事。局长给牛副总打了电话,对他的要求是,把应该担当的责任勇敢地挑起来,尽量不要去干扰唐社长。牛副总说,他接听电话之后,顿时感受到压力之大,不如做副手时自在。

郭道海看着牛副总凝重不安的神色,心想,唐社长不在岗位,社里又是风雨欲来,这担子不轻啊!难为牛副总了。他明白,因为鹭鹭是这套丛书的责任编辑,牛副总的思想压力更加大。

昨天夜里,牛副总少有的夜不能寐,思量了大半宿。就在辗转反侧之中,智慧突现,他想明白了难题症结所在,由此恍然大悟:做一把手,很不轻松,智者千虑,非得把隐藏在表象后面的疙瘩给解开来。局里职能部门提出要求,根据上面领导的批示内容,出版社班子需要拿出具体办法,落实批示精神。什么办法,局里没有提示,这个就很难办,又不能去打搅病重的唐社长,奉命主持工作的牛副总心里七上八下,实在没底。想到后半夜,精神惶惑之际,总算大脑灵光闪烁,有顿悟之感,决定快刀斩乱麻,争取主动。他召集今天的班子会议,主要想讨论此问题。

牛副总见会议依然冷场,便清清喉咙,咳嗽了两声。一夜没睡安稳,五十出头的年纪,肌肉、骨骼、喉咙、心脏,身体的所有部分均在抗议主人的折腾。牛副总没有理睬身体各部件的呐喊,他不能认输,得撑着。他知道,不仅是班子里的同事,连局领导,也在看他主持全社工作的能力。他清清嗓子,慢吞吞说:"大家不表示意见,我抛砖引玉。经过再三思考,我认为丛书的风波,以后难免电闪雷鸣,我们不争得主动,就会一个被动接着下一个被动。我建议,由本社自己提出,向局里报告,鉴于丛书内容需要进一步编辑修订,立刻停止销售,全线下架。这样的好处,由于是我们主动纠正问题,上面处理起来,就不会下手太重。"他说完,看看在座各位神情,补充一句,"请今天到会的班子每一位成员表明自己的态度,以记录在案。"这最后一句的意思,听者十分明白,各位说出的想法,将由小李详细记录在会议本上,今后是给领导部门验看的证词。

牛副总本来以为,强烈质疑此方案的应该是丛书的鼓吹者秦含,不料,首先是王副社长喊起来,"你傻啊,老牛!"他从口袋里掏出小计算器,摘下过早配戴的老花镜,迅速按了几下计算器,看清上面显示的数字,说道:"不是小数目!目前市面上还在销售的丛书,主要是第二次印制的,书款我们提前收了,卖干净要一段时间吧。停止销售,书商就要我们退款,全额退款,毛估估,要退个三四百万,连纸张印工统统赔进去,不是把我们社整垮吗?"他说罢,把计算器往旁边一丢,重新戴好了老花镜。据他自己说,这是很珍贵的玳瑁镜,去海南岛时买的,他几乎天天戴着,非常有风度地戴着。其实,他比牛副总年轻得多,才四十几啊!

秦含问:"第二次印刷的,你也收了款?好本事!"

王副社长笑笑,那笑声从胸腔深处得意地传出,显得意味丰富,高深莫测,"嘿嘿,我是帮大家管饭碗的角色!"他咳嗽一声,徐徐地说,"停止销售,经济损失巨大,出版社的信誉也完蛋,打碎了饭碗,不见得散伙,今后过不过日子?"他扫了牛副总一眼,分明在责问这个新当家人。

牛副总急忙解释:"停止销售,不是销毁图书,他们得把书退回来吧?等情况缓和,依旧还有再卖的可能!"

王副社长冷冷回答:"老牛啊,你不管具体发行,不知惯例啰,一旦停止销售,等于宣布报废,谁还花运费退书?把个版权页扯下,就和你结账!连卖废纸的权利,也不属于你!"

牛副总坚持道:"我昨夜也想到经济损失的问题。不过,老王,你算另一笔账,万一上面严厉处罚呢,来个停业整顿什么的,那个损失就无法计算啦!"

王副社长嘟囔道:"停业整顿?可能吗?别自己吓唬自己!"他转向秦含寻求同盟军,"秦副总,这书是你负责,你说,能随意停止销售,彻底认输?"

秦含撇撇嘴,淡淡回答:"我闯的祸,让社里遭遇这么大麻烦,这两天,我正在认真反省,对于如何处理善后,我服从大家决定。"他说得那么超脱,轻飘飘,让在座的几位同事惊得目瞪口呆。这位聪明透顶的秦副总,他心里到底作何打算,谁也猜不透。

会议冷场的当口,郭道海在心中思辨清楚,说道:"我觉得牛副总的办法不尽妥当,至少还不到这个时候。争取主动,希望上面处理轻些,需要明确前提,即此丛书确实严重违反出版纪律。这一点,目前还不能下定论。"

牛副总把那份魏书记的批示举起来,"这个你看过啊,不算明确的结论吗?"

郭道海瞧瞧他手中的文本,没有正面反驳他的说法,婉转地说:"我想,还需要一些时间,认真研究各方面的问题。"他斟酌着,没有把局长对他说过的话抬出来。局长的意思,他们也在进一步研究这套书的问题,那就是说,没有按照魏书记的批示简单做行政决策啊。不过,局长说了,谈话的内容郭道海不传达,所以他只能表示个人的态度,他又补充说:"王副社长讲的经济压力,我们当然不能不盘算,但关键不在此。我们宣布停止销售,社会上怎么看待此信号?是告诉大家,不能继续讨论市场经济的理论吗?这个影响,扩散到社会上,同样是后患无穷,我们出版社也承受不起如此责任!"

秦含轻轻一笑,"郭副总的意思,到底应该怎么办?"他略一停顿,又不无深意地补充道,"这样不妥,那样不行,我们总应该有条路走走哪!"

牛副总跟着说道:"对啊,上面等着我们的具体态度,我们的讨论得有明确结果,不能议而不决,应该拿出实际措施,还要摆得上台面啊。"

郭道海胸有成竹,回答他们道:"昨天,我走访了几位经济学教授,他们提了一些非常精彩的想法。我建议,可以搞个内部闭门研讨,请几位权威级的经济界人士来谈谈,给这套书把脉。是闭门讨论,不见诸新闻,不公开内容,我想领导应该允许。"

王副社长双手击掌,"好主意,郭副总脑瓜灵光。开一两个研讨会,形成纪要向上报告,多检讨几句无妨,只要不马上停止销售,上上大吉!"他的潜台词谁都听得清楚,拖几天,等书卖光了,即使宣布停止销售,就不怕退款。

牛副总摇摇头,"不合适吧?这么做,似乎是与领导批示玩手段,至少是软顶。"

王副社长道:"没关系啊,无须你主持工作的老牛出面,你避一避,安坐大帐,摇摇扇子,让秦副总主持研讨,他熟悉整套书的内容,最为合适!"

"不行,不行!"秦含赶紧声明反对,"我是这套书的主要当事人,正需要深刻反省,闭门思过,哪里还能主持如此尖端的研讨!"

王副社长瞧瞧他,知道他耍滑头,平时,这种绝好的抛头露面的机会,他会推脱?黄盖投曹营,天晓得秦含心中打什么主意?"也罢,就辛苦郭副总主持讨论会,如何?"王副社长转变主意很快,说,"主张是你提出来的,你负责实施,同样合适不过!"

秦含求之不得,连声赞同,"太好了,郭副总不是当事人,讲话客观,他的学术根底厚,经史子集样样知晓,非常合适!"秦含向来不夸赞旁人,此刻以少有的夸张的口吻抬举郭道海,同时不惜张冠李戴:此"经"非那"经",正是饥不择食,慌不择路,暂且借用,管他对与不对。

这一回,王副社长上了他的当,与他结成同盟,跟着说:"对对,做到博士,自然是天文地理,统统知晓。郭副总就不要客气推辞。"

郭道海懒得争论细枝末节,见他们执意把自己推出来,也不便推辞,他看着牛副总说:"假如会议决定这么做,我可以具体操作。"

牛副总为难地思考了片刻,"既然你们多数是这样的意见,先记录下来,我再想想。不能去医院打搅唐社长,我只好与局里职能部门沟通一下吧。"

他未必真想停止销售丛书,并非害怕钱的问题,而是明白,这一进一退,在社会上反响太厉害,以后长期成为话柄。再说,一旦决定停止销售,造成巨大损失,女儿鹭鹭也承受不了结果,全社日子不好过,女儿以后在单位里还抬得起头?他只是想利用会议,表明自己的态度,给上面一个交代。既然同事们各说各的,会议记录上全部有了,牛副总退一步,不再强硬坚持停止销售的意见,算是主持人的民主风格。至于和局里沟通,也是万全之策。

第十六章

　　班子的会议结束,各归本位,去忙碌自己的活。在会议室门口,王副社长突然拦住了秦含,"哎,秦副总,还有件小小的事情,我们俩得商量商量。"秦含见王副社长眼睛里露出诡异的笑意,不晓得他肚子里打什么算盘,只得停住了脚步。

　　两个人站在楼梯转角,靠着木栏杆说话。那木栏杆,上了年纪,扶手处,磨得油光闪亮,可以照得见人影,当镜子用也差强人意。当年,大屋子是舞会场所,跳舞的间歇,先生们想抽支烟,或许就走到楼梯转角,在此处消停片刻,有啥话不便在女士们面前说,这里倒是隐秘交谈的场所。

　　秦含扬起眉毛,略微夸张地问:"王副社长,你有啥任务交我办啊?尽管吩咐。"

　　"你大事情多,经常在天上飞来飞去,忙战略性的安排,我这里都是鸡毛蒜皮，柴米油盐，小小的事儿，不好意思，纯属给你添麻烦。"王副社长讨好地笑呵呵地说，"是这样，你恐怕忘记了，原来我们两个讲定的，这套丛书，作为发行部主打产品，全力推销，只要销售超过千万码洋，你要给销售员们奖励奖励，意思意思。"

"噢，"秦含立刻想起来了，当初他向王副社长拍过胸脯，奖金朝姓秦的要，那会儿，神气得很，胸口拍得砰砰响，"这个奖励，我们确实商量过的，只是这套书遇到麻烦，慌慌张张奔北京去，我统统忘记啦。"

"贵人易忘事，正常，正常。"王副社长嘿嘿一笑，"不过，麻烦归麻烦，市场营销绝对成功，销售一千几百万，书款多数回收，跑不了。"王副社长得意洋洋，"这一仗打得不错，今年全社效益大大上去了。唐社长设想，多赚点钱，有实力，可以为职工解决点住房困难。看样子，真要搞几十套房源，那些经费，全指望你的选题啦！"王副社长不吝赞词，想让秦副总开心。

"效益好不顶用，上面一声吆喝，一棍子打下来，倒霉的是我！"秦含没领情，愤愤不平地说。眼下，没有做记录的小李在旁边，他的话风又变了，"假如我们通知停止销售，你到手的书款，还得吐出去吧？"

"所以啊，老牛的馊主意万万不可取。他胆子太小，唐社长肯定不会出此下策！"王副社长想想，又补充道，"这书在市场上跑得快，我去书店看过，每天卖出去好多，再过几天，第二次印刷的也卖得差不多。熬过这些日子,万事大吉!就算上面要叫停,一个批文下来总要个把礼拜,早卖光啦。"

"只要书卖得好,钱收得多,你就气壮如牛!"秦含不无讽刺地瞧着洋洋自得的同事,"我们做内容的不一样,做一百本好的,也抵不上一本挨批的!"

这是行内不上台面的牢骚,"没有以一当十,只有以一灭百。"王副社长仔细打量秦含的神色,安慰他道:"你视野开阔,见识宽广,做书的想法超前,从来不失手。这一回,我估计也会否极泰来,莫非你真要认输?难道是关公走麦城?"

秦含愤愤地说:"去你的,说什么晦气话,我才不是倒霉的关云长!人在屋檐下,不见得抬头去撞墙?我到底是小人物一个,见识再高,顶不住魏书记泰山压顶打下来。我现在只求太平渡过河去,湿不湿鞋顾不上了,免得社里日子过不下去,大家骂我!"

"没问题,没问题,赚了钱,今年奖金高,全社上下都会念你秦副总功劳!"王副社长又恰到好处恭维一句,让秦含听了稍感舒服,不由苦笑道:"不骂我给社里找麻烦,就谢天谢地。你王副社长找我,不为了送高帽子吧?是想快点落实奖励?"

秦含眯起眼睛,略有所思,看着前方。楼梯口不时有员工们上下,见两位领导在这里交谈,不敢打搅,只是挥挥手,点个头,打声招呼就过去。他又问:"奖励的尺度如何?"

王副社长一脸笑容,"多多少少没关系,发行部门跑腿的人辛苦，给一点，大家会记得你秦副总的心意！"

"哎，不对啊，财务全在你手下，你奖励就是，批条子下去，财务不赶紧付？"秦含醒悟过来，警觉地问，"这事何必找我商量？"他担心老王给自己下套。

"那个不一样！"王副社长一脸正经，堂堂正正地回答，"我签字，确实可以付几十万甚至几百万，那是印书买纸的款。要说到给员工个人的奖励，我王某人，如关云长进曹营，清清白白，没有半点含糊，严格按社里规定，工资奖金，我从来不乱批一分钱。"

秦含看他急于分辩，也就肯定地点点头，"这个么，我们都知道，你老王做事讲规矩！"秦含知道王副社长没瞎说。唐社长信任他，有一条原因，正是在管理上他很严格，工商部门税务部门多次查账，没找出大毛病。秦含说："你说吧，要奖几个人啊？"

"发行部五条汉子，这次全扑上去，全国市场，东南西北，铺得满满的，一个角落不丢，每个人都要意思一下，他们懂得感激，以后，凡是你秦副总策划的书，大家卖起来有劲。"

"五个人？不对吧，奖励，应该有你王副社长一份吧？你是总指挥，没你干不成，你别客气啊，"秦含笑道，分明是奉承王副社长，"你当然是头功！"

"不行不行！"王副社长赶紧摆手，"我们做领导的，辛苦应该，要奖励，也是年底让唐社长发话，不能私下拿！"

秦含知道王副社长谨慎，他常说："人在河边走，要想不湿鞋，得离水远几步。"他是聪明人，不贪小。前不久，本市有两家出版社出问题。一家经理部的经理，把存放在印刷厂的边角料偷偷卖掉，中饱私囊；还有个出版科科长被抓，是在印刷厂老板那里拿回扣。数额不算太大，就是捞个八万十万，教训却深刻，被关进了提篮桥。在班子民主生活会上，王副社长对唐社长拍胸脯，说他敢保证，本社绝对干净，他狠抓规矩不放松。他几次在经营部给员工上课，告诫大伙，算账要算仔细，脑袋想清楚，贪个几万，你就发财啦？关进监牢，吃进去的得吐出来，外加一辈子完蛋，亏不亏？

秦含说："你不要，风格高啊！其他人好办，五个销售员，一人开一本书的加急校对费，够吗？"

王副社长点头，"够了，足够啦，也就是秦副总记得部下辛劳的意思，让大家拿点彩头，辛苦得高兴！"

两个社领导说干就干，效率高。当即，跑到一楼的经营部，王副社长拿出校对专用单据，填好数字，由秦含签了大名。签名时，秦含没用龙飞凤舞体，一笔一画，写得很慢，并非认真对付这两个字，心里其实在想旁的事情。他想，送出去一点校对费，好事！这套书搞砸的话，社里卷进去的人越多，自己身上压力越轻。给点加急费，销售员们吃进去了嘴软，肯定不会说书的坏话，何乐而不为？还有，郭道海要主持讨论会，也是大好事，班子里的人，一个不落，全部圈进丛书去了。在他看来，郭道海纯属书呆子，书明明挨批了，为啥往里面跳？只有一个解释，郭某人想讨好鹭鹭，秦含酸溜溜地想。不过，他充满自信，只要自己不离开女孩，鹭鹭的心思，就不可能转移到姓郭的那里去。虽然漂亮女孩有的是，不过，像鹭鹭一般，由内到外均符合秦含胃口的，到底不多。

去年，唐社长让王副社长搬到楼上办公，说是班子集中办公，有事商量方便。不过，王副社长原先的办公桌没有撤掉，依旧摆在财务科外面，用木板隔出的一个小间，地方不大，但是被王副社长布置得像模像样：两张深色的单人沙发，应该是他与客户谈生意的专用座位，茶几上面，摆放着考究的景德镇茶具。

王副社长见秦含签了字，殷勤地请他坐一会，把小房间的门顺手关起，泡了杯上好的龙井茶，让他坐下歇口气。秦含见他神神秘秘的模样，估计他还有啥话要讲，也就不客气，端起杯子慢慢品茶，边喝边赞，好茶，好茶。秦含想，这茶肯定贵得很，王副社长坐在经营部，即使不捞钱，喝茶吸烟吃饭的好处，还是大大的。

秦含的猜想果然正确，这茶刚喝了半杯，尚未续水，王副社长忍不住开腔道："秦副总，这套书的第二次印刷，本来书店书商是抢着要的，我一律收现金，形势大好。但是，本市的发行所，好像听到什么风声，不肯现金结算啊。你说，怪不怪？"

秦含笑笑，"这世道，有啥秘密能藏几天？领导批示的风声肯定会传出去。发行所位居出版中盘，四通八达，耳目灵通，不稀奇。"

王副社长惟恐财务科的人听见,把嗓门压得很低,凑到秦含耳边说:"假如是今天发生的情况,我不感到奇怪。蹊跷在于,唐社长开紧急会议的当晚,发行所的老刘好像已经知晓秘密,你说怪不怪?他不可能在我们会议室装窃听器吧?"

"有这等事?"秦含未免一惊,"参加会议的就班子几个,谁会多嘴呢?"

王副社长诡异地一笑,"我也纳罕。想来想去,只有事不关己想看笑话的人,才会出此阴招。噢,声明一下,我纯粹瞎想,不针对具体对象。"

他声明归声明,聪明如秦含已经猜出他在针对何人。秦含仔细一盘算,又觉得不可能,那书呆子没胆量,也做不了此事。不过,究竟是谁,秦含亦猜不清楚。反正,现在秦含要应对的危机,主要是来自上面的压力,发行所卖书或不卖,秦含已然没有了兴趣,便落得非常大度地说:"我无所谓啦,随便谁落井下石,我受得了!"他心中不是非常信任王某人,在他看来,王副社长属于跑江湖的角色,商人味道重,有奶便是娘,不能深交。他甚至猜想,老王希望自己与郭道海两虎相争,好在一旁看戏。想到这里,他就不想继续闲聊,把喝了半杯的清茶徐徐放到桌子上,客客气气谢过,告辞出门。

王副社长瞧他潇洒地走去,心里叹道:这小子,算个人物,遇事不惊，沉得住气；肚子里装得下货色，深藏不露，有枭雄曹操的本事。纯粹从出版社经营的角度考虑，王副社长觉得，将来主持本社的，不能是书呆子郭道海，否则，尽做些学问高深、读者稀少的图书，大家肯定要喝西北风。秦含，脑子活络，领世面，尽管性子有些狡黠，无所谓啦，又不是选女婿，只要他搞出来的选题市场上卖得动，王某人便拥护，对本社就是天大的好事！王副社长喜欢自称出版商，他觉得一个"商"字，说出要害。卖不动的书，你说得花好桃好，没人看，什么狗屁效益！

王副社长的本意，并非如秦含所猜想，绝对不是要挑拨两位青年副总编辑矛盾，他只想与秦副总一起分析蹊跷。尽管唐社长关照，不得在班子里制造是非，他还是按捺不住强烈的疑虑，要搞个水落石出：到底谁是本社的魏延？

对汉朝末年的历史，对曹操刘备之流的争斗，王副社长的全部认知，均源于《三国演义》一部小说。凡是与《三国演义》内容不符的问题，他统统嗤之以鼻。郭道海曾经想纠正他的一些看法，告诉他，关于魏延脑后长反骨的故事，可能出自小说家的手笔，正史对此是存疑的。魏延也许不是谋反，他被杀的原因，不过是诸葛亮突然病死，蜀军内部的一场争权夺利的结果。王副社长听了，十分反感，觉得那是书呆子无事生非，老百姓口口相传的故事，魏延不是好东西，脑后即使没有反骨，谋反之事证据确凿，为啥要为古人伸冤？当时，听罢郭道海的说词，王副社长不客气地顶了一句，

"我们社里没人姓魏啊?"王副社长眼下肚子里的另外半句话,实在很损人:只有姓魏的孝子贤孙,才会为他翻案!

此刻,王副社长突然联想,郭道海要为魏延翻案,证明他与图谋不轨者惺惺相惜,遥念千年古人,气息相通啊!你郭道海,看上去书生一个,竟然为争女人不惜使出阴招。古人说,红颜祸水,真个是至理名言!

王副社长非常尊重唐社长,对他的指示向来说一不二。这一回,王副社长心有不甘。他觉得,唐社长心太软。这次泄露本社的高度机密,那个告密的小人不查出来,班子今后如何共事?还不是人人自危?既然唐社长病重,这档子啰嗦事,确实不能让他烦心,王副社长想独自担当起来,他要查个透彻。

诸葛亮一世英明,为啥失街亭,不得不唱空城计?因为轻信马谡。诸葛亮为啥不愧为千古天人?因为他临死还能定下妙计,斩除长着反骨的魏延,为蜀国根除后患。王副社长一定得把本社的后患给灭了。他本来想争取秦含的协助,不料,这年轻人狡猾得很,竟然丝毫不予理睬。这些读书人,书读得多,脑子里复杂,九曲十八弯,很难猜测。

看来,王副社长若要破案,还得单打独斗。他想清楚了,拼上两瓶家藏多年的好茅台,与发行部的老刘一醉方休。老刘在酒量上不如王副社长,屡战屡败,还不肯屈居酒鬼,坚称自己是酒神。王副社长就以谁是酒神的名义,与他狠狠拼一回。那家伙,酒劲差,还要脸皮厚厚地充海量,那就让他在酒精的熏陶下,得意洋洋胡吹海喝,最后上个小当,酒后必然糊涂,不吐真言,绝对不让那老狐狸蒙混过关!王副社长相信,自己有能耐套得出真相,就是用手指抠,也要从对方牙缝里抠出秘密:到底是哪个坏小子,把本社绝密会议的内容,偷偷泄露出去!

第十七章

午后,唐社长闲散地走进医院的小花园,寻一条有靠背的木椅,把病人专用的天蓝色外套理顺了,在长椅上舒服地落座。初冬季节,即使在正午,太阳也没有了夏日的厉害劲,日照亦不像秋日里那般温柔,使人喜欢她的万般抚摸,不由得十分依恋。十二点多钟,阳光十分明亮,白晃晃地耀眼,你却依旧感到风的凉意,嗖嗖地掀起衣领,往胸口和背脊钻进去。也许,那还是年老体衰的结果。年轻的时候,唐社长常年穿单裤,棉毛裤之类的保暖内衣内裤,是娇气的女人穿的,男人么,能省自然省了。也难怪,那时候曾经时兴布票,买衣着光有钱是不行的。唉,上了年纪,实在麻烦。过去,对季节的转换,没有这般敏感啊。

唐社长把病房发的棉大衣裹裹紧,这玩意,笨重,挡风御寒却真顶用。他的身子朝椅背上靠靠,仰着头,让面孔全部接受光照,努力使自己暖和一些。面前，有一片碧波荡漾的小池塘；一圈圈水纹中，鱼儿在吐着泡泡，它们浮在水面之上，也是寻找阳光的温暖？水边的树，歪斜着身子，靠深深扎进泥土的老根，拖紧了躯干，免得倒向湖里；上了年纪的树身，在寒风里落尽了树叶，光秃秃的，只剩下稀疏的枝条，十分难看。垂垂老矣，就那么副可怜相？他晒着太阳，漫无目的地坐着，甚至控制住大脑，不思考，尽量不思考，让脑袋空洞着，似乎是异样的轻松和快乐。护士恳求过他，不要离开病房吹风，他需要保养好自己，不能伤风感冒，有利于即将进行的手术。唐社长嘴巴上答应，最后还是悄悄溜出来。整天躲在那间刷得雪白的病房里，墙壁与屋顶同一种色彩，白花花一片，让他感到十分压抑，胸口沉甸甸的，竟有点喘不过气来的感觉。

临近退休，意外地面临个大手术，甚至有生死未卜的意味，是什么样的感觉？他不愿多琢磨，继续任脑袋里空荡荡的，不仔细思量即将到来的磨难，或许更轻松些。

唐社长，在人生漫长的旅途上，并不是头一回遇见生死抉择。

四十多年前的一个冬日，青年的唐，在上海某公园的长椅上，与他的单线联络人，一位娇小的女共产党员，如约见面。很久以后，他才会知道，这是他们最后相见的日子。她成为他的上线不过一两年的时间，彼此已十分熟悉，合作得相当默契。他甚至觉得，自己偷偷喜欢上了这位娇小可爱的女孩，她说过，她比他大一些。

究竟大几岁？她格格一笑，不肯细说。他猜，也就是一两岁而已。他们见面的场所，在公园为多，像一对年轻的情人，可以遮人耳目。当不相干的人靠近他们，两人就会依偎在一起，说着悄悄话。他十分喜欢那种短暂的亲昵，他深深地呼吸，尽量多地感受来自她身体的芬芳。那是严酷的年代，国民党政府崩溃的前夕，特务疯狂地抓捕所有的嫌疑者，并且快速处决。那次最后的相见，交代完任务，分手时，她突然拥抱了他。当时，并没有任何别人出现在视野中，她的拥抱，完全发自内心，是极其热烈的一抱。事出突然，青年唐来不及反应，她不由呆若木鸡，咯咯一笑，对他耳语，"小心保护自己，胜利后见！"她的热乎乎的呼吸喷到他的腮帮。说罢，她轻轻挣开身子，脱离了伙伴的双臂，飞快地跑远了，跑到转角处，又转身，用围巾使劲挥了几下，向他致意。此后不久，他被捕入狱。在狱中，在严酷的考验面前，在绝望的等待之中，他经常回忆起她的拥抱，她的热乎乎的气息，想着胜利后见面的约定。他渴望重逢，渴望继续呼吸她身体的芳香。等他离开监狱，用尽种种办法，却始终无法与自己的单线联络人接头。他预感情况不妙，她出了什么事？直到上海解放以后，他终于获得确切的消息，在他入狱之后，她也不幸被捕，最后壮烈地牺牲在黎明之前。他痛惜地想，无数次地遐想，那最后的拥抱，莫非是下意识地感到灾难的逼近，她勇敢地将内心敞开了，将火热的情感献给了他，哪怕是短短的瞬间？

这会儿,唐社长坐在医院的长椅上,凝望着冬日里逐渐萧条的园景,回望几十年的旅程,默默无语。如果她没有牺牲,也许,他和她的人生会根本不同,完全是另一个模样。生命流逝,一切成为硬邦邦的事实,你无法假设。不过,在没完没了的运动和审查中,他清醒地明白,不被信任和重用的原因是啥,知道自己档案中的软肋:无人能直接证明他在黎明前夜的绝对忠诚;他的单线联络人在他入狱后被捕牺牲,他却活下来,这样的结果很难消解组织的怀疑。他梦想过她的重生,多次梦想过,他们在同一个屋檐下,享受美好的生活。她是他人生最美好的一个梦,甚至也是他忠诚可靠的唯一证明!

当你经历过那么复杂的人生,你会淡然面对新出现的严酷。即使眼下的手术,生死未卜,唐社长并不觉得恐惧。该恐惧的时间,早已经过去。她死在花朵般的岁月,死得十分惨。唐是幸存者,他无须抱怨命运。他唯一需要考虑的,是在手术之前作些合适的安排,作为一个职业革命者,他不能简单丢下未了的责任,一走了之。他应该像她一样,给自己的同志,也给世界,最后一个热烈的拥抱。

太阳钻出云层,稍稍有些刺眼。唐社长眯缝起双眼,觉得身子暖和起来,竟然有一点儿睡意。他开始恍惚起来,进入了奇异的似睡似醒的状态。他好像飞回四十年前,在公园的长凳旁边,头一回接受年轻姑娘的拥抱,芬芳的香味在身旁缭绕,那种醉人的气息,跟随了他一辈子——

美景不长,有谁在摇晃他的手臂,轻轻推醒了他。唐社长眨眨沉重的眼皮,努力撑开黏滞的眼帘,费劲地缓过神。上了年纪之后,有时,连睁开双目,也未免有些辛苦。刹那,时空旋转,从四十年前,回到了当下。耀眼的太阳之下,护士的身边站着他的熟人,他在班子里的副手老牛。老牛的脸色有点苍白,忧郁地望着他。见他苏醒,牛副总着急地扶他起身,"唐社长啊,这天气,你不能在园子里打盹,要受寒的,来,我们回房间去,那里暖和!"

牛副总别无良策,思来想去,还是违背了局长的指令,没告诉班子其他人,独自跑到医院来,打扰唐社长养病的清静。走进病房,见病床上空空如也,老牛吓一跳,以为手术提前了。幸好,遇到热心的护士,带他到花园里找人。

回到病房里坐定,牛副总抱歉地告诉唐社长,他此行,不符合局长的规定,原本不能打搅唐社长安心养病,但他实在是碰到难题,需要前来求救。唐社长笑笑,说他正闷得慌,有人来闲扯,求之不得。至于局长的规定,医院护士们并不知晓,没有人会去打小报告。

从牛副总简略的叙述中,唐社长明白了新近发生的情况,以及牛副总不惜违背局长指令,跑到医院来的目的。

上午,社里的班子会议之后,牛副总当即与局图书处处长联系，报告会议讨论的情况，重点请示一个问题：郭道海建议召开专家讨论会，是不对新闻界开放的内部讨论会，专题研讨《市场经济常识丛书》，局里认为是不是合适？牛副总表示，社班子多数成员同意开这样一个会，因此他紧急请示局领导。这件事情比较敏感，处长听罢，支支吾吾答了几句，最后，说是必须去向局长报告一下。牛副总当时就想，请示局长，百分之九十九不同意，局长如何肯得罪魏书记呢？也好，只要局长一句话否决，郭道海没话说，王副社长也无法瞎嚷嚷。

消息反馈得很快，尚未到午餐时间，图书处处长的电话追了过来。他转告牛副总，局长没有否决召开研讨会的想法，但是，设置了一个前提条件，如果社长室认为召开专家研讨是必要的，有利于贯彻领导批示的，必须在书面申请中，写出详尽的理由。

这是给牛副总出大难题了。要有书面申请，还要有贯彻领导批示的理由，局长的态度，好像带点黑色幽默啊。郭道海他们要开这样的研讨会，目的是百分百执行领导批示？牛副总才不相信！难道局长会天真到这样的程度，相信如此这般的可能？写出书面申请？牛副总不敢落笔，承担不起欺骗领导的责任。交给郭道海起草？天晓得书呆子会写成什么！思前想后，牛副总硬着头皮来打搅唐社长，请经验丰富的前辈指点迷津，分析一二。牛副总嗫嚅着说："真是对不住，您将要做大手术，我还用这样的啰嗦事情来烦你。不过，我没有做过主要领导，能力低啊，掌控不了复杂局面——"

唐社长摆摆手，打断他的话，"我们是一条船上的，你客气啥？"他沉吟起来，一时，确实难以想清楚局长的意图。局长没有断然否决郭道海的提议，却要求书面写明研讨会的目的，说是为了更好地贯彻领导批示。可能吗？局长的闷葫芦里，藏着什么天机啊？

唐社长从抽屉里取出茶叶罐。牛副总认得那只细长的罐子，密封性能好，里面盛放着上好的龙井茶——唐社长每年会买上一斤龙井，慢慢享用。牛副总也是懂茶的人，他不敢多消耗唐社长的好茶，随意倒出几片，泡了半杯茶，轻轻吹散热气，耐心等待唐社长思考后的分析。

唐社长确实在仔细分析。局长考虑问题缜密，资历比不上魏书记，却也是久经沙场的老将。"文革"之前，他已经做到处长，在很多岗位历练过，相当稳重，从来不会轻易发表意见。对局长的行事风格，在多年合作共事中，唐社长深有体会。局长同意他们开研讨会，即使设置了前提条件，毕竟没有断然否决，应当是深思熟虑的结果。唐社长得出的第一个判断或者说猜想，使他渐渐感到兴奋：在魏书记批示的高压之下，即便魏书记的意见代表了某些高层人士的想法，局长应该没有放弃独立判断的能力，对他们编辑出版的这套丛书，当初没有否决，这会儿也并不想一棍子打死。如果局长决定顺从魏书记的意思，宣判这套丛书寿终正寝，他的态度会明朗得多，开啥子研讨会啊！直接写检查，深刻反思，停止销售，画上句号即罢。同意开内部研讨会，实际上留下一个口子，意图是让各路专家发表想法，再做结论不迟。住院之后，唐社长消息尚不闭塞，他听说，魏书记回来没住几天，又到南方养病去了。唐社长本来猜想，魏书记会当面找他交流交流这套书的事情，那么，他就会据理力争，对魏书记的批示表示不满。谁知，这位一起在干校待过的老兄竟然躲着他，只是下达个蛮横的批示而已。也许，魏书记会光明正大地表达不谈话的理由：让老唐安心住院啦。唐社长不相信那是魏书记真实的想法。彼此知根知底，脾气性格熟悉，魏书记生怕执拗的老唐不服气，当面吵起来太难堪。批示就不一样了，上级批下来，下级不管是否服气，吵也无处去吵，只好干瞪眼。

在唐社长看来，魏书记是党内很优秀的领导干部，对国家和人民忠心耿耿，不谋私利，正派公道，尽心尽职地工作。魏书记和老唐的分歧，在于对改革发展方向不同的认知。魏书记自以为信仰坚定，惟恐有人把非社会主义的东西搬过来。他多次说过，我们为革命胜利抛头颅洒热血，牺牲了多少好同志，让资本主义的货色卷土重来，对得起无数的烈士吗？唐社长赞赏魏书记的为人和激情，但是不赞同他的偏执。我们闹革命，目标很清楚，要让中国人民摆脱三座大山的压迫，过上好日子。发展市场经济，加快前进的步伐，人民开心，党的事业兴旺发达，怎么能说是让资本主义卷土重来？他觉得，魏书记太看重表面的文字口号，讲究在字眼中区分社会主义还是资本主义。那是旧观念了。改革开放给了我们新的思路，共产党人必须务实，实事求是，选择真正有利于老百姓的方针政策和道路。

魏书记是上级，唐社长可以不赞同他的意见，但不能简单顶撞，目前的态势，具体如何应对，需要进一步深入思考分析。局长的态度很微妙，他不反对开研讨会，但是附带一条明确要求：申请召开研讨会，必须书面写清楚，目的是为了贯彻魏书记批示的精神。这个，多少棘手，总不见得让各路专家聚拢来，搞一次大批判——批判正在成为新趋势的市场经济？这个后果太严重，在社会上传开来，对改革开放不利啊！唐社长想，局长处于夹心饼干的位置，他有难言之隐非常可以理解，至于我们具体操作，应该更多些智慧。

中国的实践，势如燎原的实践，正在发展中的中国经济，显示出市场经济方式的强大生命力。即使我们嘴上的说法留有余地，说是"有计划的商品经济"，不过，任何正常的头脑均会清醒地看明白，我们不可逆转地走向了市场经济。意识形态，难道能够成为阻碍实践的绊脚石？唐社长无论如何不愿充任这样的推手。他猜测，聪明如局长，与他的心境，应该差不多。

唐社长问牛副总，"你想过吗，这个研讨会，怎样开法较好？"

牛副总一脸茫然，张嘴结舌，挠着头皮，不知怎样回答唐社长的发问。迄今为止，他只想过如何向局里请示报告，至于具体如何开会，压根儿没进入思考的范围。他摇摇头，老实相告，"建议是郭副总提出的，他的念头，我不太清楚。"

唐社长说："这个年轻人不错，蛮有独立见解。他原来对选题持保留态度，是他自己的思考；现在，魏书记要批判，他倒敢站出来为这个选题辩护，实话实说！"唐社长说到这里，不由想起，前两天王副社长还怀疑，郭道海是脑后长反骨的魏延，不由在心里骂王副社长胡闹。他又说："不过，年轻人经历的事情少，往往考虑不周详，你指点引导一下，还是应该的！"

"如何指点？你的话，他们肯听；我么，在年轻人眼里，过时的，没用的。"牛副总想到女儿对自己的态度，毫无自信。

"在这个关键的时刻，你老牛，经验资历，均比他们丰富得多，你敢站到前面，他们会相信你、依靠你！"唐社长鼓励道。接下去，他不慌不忙，侃侃而谈，把自己思考分析的结果，一一告诉了牛副总。牛副总听着，心里渐渐放松许多，连连点头，不得不佩服这位老领导的胆识。说到最后，唐社长还特别关照，"今天的谈话，你不是不想让局里晓得吗？所以，不必讲我唐某人如何如何，在班子里，就说是你的主意啊。我很快要做手术了，后面结果难说，我希望你挺直腰板当好班长，我相信你能主持好！"

唐社长紧紧握住牛副总的手，捏得很紧，一股热腾腾的暖流，传递过来，给牛副总的感觉，像是把一切托付给他。牛副总是重感情的知识分子，内心深处，免不了有那种"士为知己者死"的情怀,他被唐社长的信任所感动,阵阵热潮由心底泛起,眼圈兀自红起来,他哽咽着说:"老唐,你好好手术,现在医学发达,一定能治好。社里的事情,你放心,我会全力以赴,与班子里各位合作应对,无论如何,坚决撑住!"

第十八章

这天下午,社长室显得异常安静。暖和的阳光,铺陈在锃亮的打蜡地板上,黄澄澄,荡漾着温馨的光泽。偶尔,有编辑拿着稿件过来,想找哪位总编辑商量业务,到门口探头瞧瞧,见里面没个人影,也就伸伸舌头,缩了回去。

午饭以后,秦含闲不住,跑到自己分管的部门转了一圈。回来时,见社长室内依旧空荡荡的。他随口问门口的秘书小李,人都去哪里了?小李一五一十回答,郭副总跑大学去了,说是为研讨会的事情,找专家们预热一下;王副社长好像是到新华书店的发行所谈事情,大约是在发行部的刘总那里;只有牛副总的去向不太清楚,他接听局里图书处处长的电话后,对小李说声有急事处理,匆匆外出,直到现在没有回来。

秦含心想,王副社长肯定是为"破案"去找那个刘主任,这个喜欢猜疑的老兄，有点不依不饶的样子，非得找出泄露本社机密的叛徒。在赚钱上精明的老王，为人也是狡黠，有点钻牛角尖的脾气。他该想想明白，郭道海那样的书呆子，榆木脑袋，让他使奸也学不像啊。好在，此事与秦含无关，随便他上蹿下跳，站在旁边看个热闹呗。老王怀疑郭道海，虽然不靠谱，秦含亦不愿阻拦，就让他折腾去吧，随便如何折腾，烦不到秦含这里。姓郭的，实在傻，硬要跳出来充好汉，他哪里晓得是非轻重，魏书记大笔一挥，是摸准了上面的风向，那就是泰山压顶，你小小一个副总编，顶得住？就算郭道海本意是想讨好鹭鹭，也得掂量掂量，如此做，值不值？"冲冠一怒为红颜"，那是戏文里说着玩的，头脑清醒的男人，如秦含之辈，必须瞻前顾后，三思而后行。不过，郭道海硬要出头顶一顶，让秦含身上的压力大减，不是坏事啊，接下去，魏书记再生气发怒，矛头指向的，应该是对抗批示的人。北京哥们讲，真要吓唬猴子，得挑只鸡出血。郭道海如此折腾下去，轮到谁做那只鸡，那就难说了！至少，秦含识时务，绝对不做故意撞墙的傻瓜！

秦含在自己的写字桌前坐定，打开抽屉，取出一只牛皮纸大信封，细心地把里面的几页纸抽出来，摊开到玻璃台面上，一字一句，重新阅读起来。那几页纸，实在非常熟悉，上面的内容，他几乎能够背出来。第一页，几乎是空白；空白处，一道蓝色的水笔线，醒目地划了个斜对角，表示此页无内容；只有上方的审批格子内，终审处，签着唐社长的大名。唐社长，早年练过颜真卿的字体,签字端方遒劲,显得十分老辣。现在想起来,当初把终审的位置让给唐社长,表面上是秦含谦虚,实际是深谋远虑,秦含不得不为自己的谋略自豪。所谓"人无远虑,必有近忧",当初,鹭鹭还嘟囔过,"你可以签终审啊,为啥非得把唐社长拖上?"鹭鹭的责怪不无道理,这个选题,社长室讨论时,只有郭道海略有保留,实际是通过了,只要秦含签字就可付印。秦含坚持请唐社长签发,结果就拖了两天时间。现在,秦含得意地想,这两天拖得太值得,自己确实够英明,假如是秦含在二审和三审两处同时签字,眼下的责任就大得多。那天,唐社长签上大名时,秦含还要求过,对这套丛书的意义简单写两句评语。唐社长笑笑,"你和鹭鹭把重要性、影响力和当下价值全写上了,我无话补充啊!"此刻,秦含判断,唐社长根本是老奸巨猾,只同意发稿,不肯落笔写下具体态度。如此,评价稿件的主要责任,还是落实在秦含和鹭鹭的审稿意见中。做出版,做到精怪者,明白审稿的文字不能随意撰写。万一碰到麻烦,追查责任,那审稿意见就像画押的契约合同,白纸黑字,绝对赖不得,一字千钧啊。

  秦含翻看第二页,满版的草字是他平素喜欢的得意洋洋的字体。学生年代,他就有一种感觉,天马行空式的大人物写字从来不拘一格;端端正正的字体,只属于古板的知识分子。所以,秦含临字帖,只选草书。

  当初,只觉得这套书会深刻影响社会,评语写得太满,"独创性""了不起的长远影响""将受到读者广泛欢迎"等等语句,满版皆是,现在读起来,十分触目。秦含恨不得用墨笔把它们悉数涂抹掉。当然,秦含是聪明人,如此低级拙劣、欲盖弥彰的傻事,他是不会做的。还有一个干脆利落的办法,就是把第二页换掉,重新写评语,写得中性些,反正,认真读过他的评语的,是鹭鹭与唐社长两个。鹭鹭会保持沉默,女孩痴情,只要多对她说些甜言蜜语,自然同意保护他;至于唐社长,眼前重病,手术后能否回来上班,只有天晓得!不过,有一个细节阻碍了秦含的行动:此份书稿档案,进过本社档案部门,手续完整,每一页上,均盖有长方形的档案章,上面填写着"本档案共几页,此为第几页",动手一换,就露馅啊。档案室主任,精明而一丝不苟的老女人,常年门神般坐镇,经她的目光审视,一眼就能看出毛病。秦含心里想想就烦,讨厌的程序!他从来没有想到,这些司空见惯的普通程序,迂腐的文牍形式,会给聪明绝顶的自己造成偌大麻烦。

秦含到底是秦含!他不甘心束手就擒。他一脑门的智慧点子,娴熟的脑筋急转弯的本事,一定能够想出瞒天过海的好办法!他随手往下翻,等翻看到第三页和第四页,看着两张纸上鹭鹭娟秀的字体,几秒钟的间隙,一个完美的方案,从秦含的脑海中蹦跳出来。他不由轻轻一拍桌子,无声地为自己的急智叫好。随即,他把档案翻到自己写的那一页,拿起桌上的书写笔,在评语和签名的空档处,用一模一样的草体,写上一行字:"上述评语,未尽得当,请唐社长务必把关!"

秦含的习惯,签名的时候一定与正文隔开相当距离,以便自己龙飞凤舞的签名能够自由地舒展,显示颇具个性化的书法。他认为,凡有不寻常的抱负者,绝对不会一板一眼地写正楷字;签名亦体现心智,字随心走,不拘一格,潇洒飘逸,天马行空,那才见胸怀!今天,这个习惯帮了他大忙。他拿起纸页反复端详,觉得天衣无缝,字体与墨色,与原来完全一致,新写的一行字,位置也很合适,根本看不出是后加的。他不由暗暗得意。这样一行字,把自己对这套书承担的责任,卸掉了多半。毕竟,最后是请唐社长把关啊!唐社长老革命,老资格,目前又在重病之中,上面会手下留情,最后的处理,不了了之的可能性,非常之大啊。秦含看着修改后的审稿单,险些笑出声来,新添的一行字,真个是神来之笔啊。这一笑,近几日的郁闷,兀自消散了许多。

前两天,秦含让鹭鹭把书稿档案借出来,还没有产生如此完整的补漏方案,他只是想重新读一下评语,为今后的检查做些准备。现在妙了,他用一行字,轻轻卸掉半个肩膀的责任,而且,天不知,人不知,实在是妙,妙得了不得啊!

改过的档案,要不要送回档案室呢?秦含犹豫了。送回去,比较合适的,是让鹭鹭去送。问题是,鹭鹭聪明,这审稿评语,她背得烂熟,只要瞄一眼,看得出做过了手脚。秦含可以恳求她不声张,不过,毕竟落个不光彩的把柄在女孩手里。秦含给自己留了退路，如果这套书影响了自己的前程，他就一走了之，到海外投奔妻子去。这样做，与鹭鹭难免翻脸，留个把柄，秦含觉得不合适。还有，档案室的那位女主任，更是厉害的角色，她逐一盖章时，万一记住了内容，看得出秦含的修改，也难说啊！

按照秦含了解的程序，假如上面决定处理这件事情，会正式派人下来调查，书稿的来龙去脉，是他们最需要了解的，也是处理当事人的基本依据。口头访谈，仅供参考，最后下决心，依靠文字材料。审稿档案，恐怕是最要紧的书证。秦含见识过的事情多，没什么能难倒他聪明的大脑。秦含决定，书稿档案就留在社长室里。秘书小李，保管着铁皮文件箱，平时存放上面下发的各种文件，本社一些重要的文本，在归档之前，也会交他管理。

秦含把小李叫了进来，在空荡荡的办公室里，向他交办任务，说这份书稿档案，是从档案室借出来的，目前由小李保管，因为领导部门可能随时调看，会方便些。小李自然照办，二话不说，把档案接过去，开了锁，在秦副总的监看下，将几页宝贝纸张，放进了文件箱。平时，秦含没有把小李放在眼里，部队过来的年轻人么，懂规矩，老老实实看门收发做杂务而已。这会儿，知道秘书不是摆设，秦含特地夸了小李几句，说他做事勤劳，而且井井有条，说得小李不好意思，有些难为情。

秦含完成这件大事，心中顿时放松，待离开小李的视线，他的双拳互相一击，又轻轻拍拍自己脑门：嘿，这个脑瓜，怎么就这样智慧呢!

将近五点,离下班还有一个小时,秦含决定开溜。他提着公文包,大摇大摆地走过门卫室。谁也不会质疑副总编辑提前下班。领导么,职工管得了?你知道他有多少繁忙的事情,无论是在单位,还是在社会上,永远难以估摸他的辛苦。他大步跨过出版社的大门,走向安静的小街,再拐上车水马龙的大路。他低头想着方才处理文档的事,继续为自己采用的方法得意,神不知鬼不觉啊。他站在公交车站,候了三分钟,一辆蓝色的大巴士停靠在面前,他大步跨了上去。

还不到下班高峰的时候,车上的乘客只有五六成,算很空了。昨天夜里,他和妻子通了越洋长途。妻子说,要她向老爸求情,没问题,不过,这书的情况实在啰嗦,她转达不清,最好还是秦含自己去说。夫妻俩约定,今天,秦含去老爸家晚餐,妻子挑晚餐时间给家里打长途,把缘由简单说几句,剩下的,就靠秦含自己发挥了。因此,秦含赶早下班,先搭公交,去淮海路,买老丈人喜欢的茅台酒,然后,叫辆车,去位于虹口的妻子娘家。妻子向他透露,老爸与局里的魏书记,南下时在一个部队工作过,肯定能帮得上。妻子的这番话,等于给秦含吃了一颗定心丸。

公交车疾驰着,稍微晃荡了一下,秦含感觉,有人在背后轻轻撞击自己。最近,车上的扒手猖狂,秦含警觉地意识到,有人想打他的主意。他立刻回头,打算严厉喝止,警告胆大包天的小人。没料到,身后是一个美丽的女郎,笑盈盈地接住了他凶狠的目光,使他发作不得。秦含大吃一惊,站在身后的竟然是鹭鹭!这调皮的女孩,悄无声息,幽灵般尾随着自己。

秦含轻声说:"你干吗?不怕附近人多眼杂?"

鹭鹭微微一笑,"所以啊,刚才路上不叫你呢!到车上,见没有熟悉的人,才招呼。"

秦含警惕地问:"你怎么知道我提前下班?"

"这个么,秘密,不告诉你!"鹭鹭卖关子,"孙猴子跳不出如来手掌心!哼,早走还不让我知道,想去和谁约会?"女孩的嗔怪半真半假,醋意明显。她最铁的闺蜜在社长室对门的编辑室,多少知道些她和秦含的秘密,是绝佳的探子,见秦含提前下班,赶紧给鹭鹭报信。这点秘密,聪明的女孩自然不会让秦含知晓。

秦含心里打鼓,情况不妙。看样子,今天她会黏住自己,脱身难了,又不能实话实说。她若知道自己是去看老丈人,并且是和妻子密谋过的行为,那醋缸子还不打翻得一塌糊涂?不过,秦含的急智是用之不竭的。他当即认真地说:"你怀疑,就跟我去看看啊?我和几位铁杆的兄弟约了喝酒,他们神通广大,这书的麻烦,要想消解,说不定还得托他们帮忙!"

"你编吧?"鹭鹭将信将疑,她知道秦含在北京有一帮子哥们,是他打听消息的圈子;至于在上海,他好像没什么四通八达的关系啊。鹭鹭晓得秦含风流倜傥,喜欢他的女孩子光出版圈里就不少,所以她警惕性高,再一次问:"到哪个饭店去啊?"

秦含道:"在饭店里谈事情诸多不便。我现在去淮海路买瓶好酒,一会儿,直接去一位兄弟家里。"他见鹭鹭一脸狐疑,干脆又报出一幢大楼的名称,是南京西路上的一幢历史悠久的大厦,秦含确实有位要好的同学住那里,他挑逗道:"你不放心,跟我进去看看啊。我的铁哥们见到你这样的绝色美女,眼睛会发绿的!"

鹭鹭用胳膊撞他一下,"不许瞎说!"随后哀怨地说,"我跟着去,算什么名分?我才不招人瞎三话四!"她想起什么,转换话题道:"我追上你,是想问个清楚,对这套丛书,你决定认输?"

"你爸说的?"秦含冷笑着,"你爸传话快啊!我是对局里敷衍,免得被穷追不舍!"

鹭鹭撇撇嘴,"昨夜听我爸说了,我还将信将疑。不过,今天郭道海找过我,说是要准备召开丛书的研讨会,希望我参与。这件事情,明明应该你主持,怎么换成他?你害怕啦?"

秦含差点脱口而出,说郭某人分明是想讨好你。话到嘴边,缩了回去。他知道,这么讲的结果,又是招女孩生气。他今天的目的,是要早点摆脱鹭鹭,不想和她斗嘴,就婉转地解释,"让他主持,没坏处啊,表明社长室是一条船上的,没有空子钻!"

"他主持,我就不想搭手!"鹭鹭明朗地说。

"不必!不必!"秦含强调说,"你是责任编辑,一定要出面的!"

"你不讲怪话?"鹭鹭略带讽刺地问。

秦含庆幸刚才没有讲醋意十足的话,赶紧声明,"工作么,我讲啥怪话?我小肚鸡肠,你也不会喜欢啊!"他想了想,意味深长地补充道,"倒是王副社长古怪,不相信郭道海,认为他在发行所那里泄露本社机密。当然,他纯属自己瞎猜,我是不信的!"

这么说着,公交车已经开到了淮海路站。两人只能边讲话,边移步下车。

从鹭鹭前面所谓名分的话语中,秦含知道她自尊心极强,讨厌不明不白的暧昧,猜她不会随自己去朋友家,心情放松了许多,哄她道:"你今天出来早,难得啊!要么你自个儿随意逛逛街,看到好东西就买,用多少钱,我报销啦!"

鹭鹭鼻子一哼,不情愿地回答:"这个,你就不必操心了!"她苦笑道:"女孩谁不会逛街?没人陪,独个儿也能散心!"

秦含不再客套,挥挥手道:"那就好,我如约去同学家。先上店里买瓶酒,你慢慢逛!"话音刚落,他轻捷地移动步伐,迅速消失在淮海路汹涌的人流之中,让女孩想追亦追不上了。鹭鹭望着他消失的背影,怅惘地摇摇头,苦涩地吐出口长气。

那个做探子的闺蜜,大学里就与鹭鹭要好,同一间宿舍,还是上下铺,同进同出,形影不离;毕业时想方设法,两人争取到一家出版社工作,自然更加铁,更加贴心,因此,鹭鹭才会向她透露绝对的隐私。鹭鹭想起,闺蜜曾说过一番开导自己的话语,她认为,秦含做人过分聪明,近似油滑,不能轻易相信他的甜言蜜语。鹭鹭当时怎么回答的?她说,太晚了,没办法挣脱了,自己完全陷进去,已然无法控制内心的情感——

第 十 九 章

牛副总从华东医院出来，顺路到局里的图书处坐了一会，与处长交流想法，以了解近况。听处长说，魏书记关于《市场经济常识丛书》的批示，通过局上报的《工作动态》，已经汇报到有关领导部门。因为魏书记资格老，他的想法各方面均看得很重，听说，市里有位领导发话，认为这件事情不仅仅关系出版方面，涉及改革发展全局，指示市委政策研究部门要下来作深入调查，着重分析文化学术各界的动态，了解学者们对市场经济问题的看法，最后要形成专题汇报材料，供领导部门参考。局长之所以赞成开个研讨会，也是想主动配合市里的调查研究，希望在调查材料形成框架之前，尽量多地汇集各方面的声音，特别要客观地反映学界的不同观点。局长说了，魏书记的批示很尖锐，可以作为召开研讨会的出发点，会议应该充分听取批评这套丛书的意见，但是不要人为形成一边倒，不能压制少数人的看法,理所当然,要强调百花齐放、百家争鸣。牛副总听着处长介绍,心里寻思,姜还是老的辣,唐社长虽然住在医院,掌握情况有限,但是,他对局长的决策,判断基本准确,让人不得不佩服。牛副总告诉处长,他们会坚决按照局长指示办事,尽快形成召开研讨会的具体方案,书面报告局里。

牛副总一贯小心谨慎,不敢越雷池半步。年轻的时候,他做编辑的年头不长,不知天高地厚,血气方刚,曾经吃过苦头。还是"文革"期间,出版社里的编辑,要么在干校劳动,要么下放到什么地方虚心向工农兵学习。有一回,牛编辑从干校被紧急召回出版社,接受上面下发的任务,做某本书的责任编辑。那个时候,能接手编书,既是莫大荣幸,又是极大的快乐——终于有点本行的事情做做。牛编辑接受的任务,是出版批判《水浒传》的文章汇编。他认认真真读了每一篇文字,恭恭敬敬地以写学习心得的态度,写出长长的审稿意见。除了大量赞扬的语句,还以尽职的态度,提出对个别地方的修改想法,主要是改掉若干比较生硬的语句。比如,写宋江是投降派,你得有点具体依据,不能扣帽子了事。这类泛泛而谈、不痛不痒的审稿意见,司空见惯,属于程式化语言,谁也不会认真对待。没有料到,这一回,牛编辑偏偏不小心捅了马蜂窝。被他指出缺陷的文章,是当时一位炙手可热的造反派头头所写。那个头儿造反成功后,一路顺风顺水,向来老虎屁股摸不得,哪里会听一个臭老九的批评?当即,此人给市里分管宣传的领导写信,说牛编辑的话分明是在影射伟大领袖。谁都知道，关于宋江是大投降派，出处在哪里，追问宋江是投降派的依据，竟敢讲这是乱扣帽子，到底在攻击谁？上纲上线到这种吓人地步，确实是造反起家者特有的本事。很快，市里传下来一份领导批示，要查阶级斗争新动向，看看围绕此书的编辑工作，是否有长胡子的老家伙在背后兴风作浪？这样一闹，小事变成大事，没事也得找出岔子。那两个月，各种调查批判，搅得牛编辑昏天黑地，完全辨不清东南西北。他吃不下，睡不香，想想女儿鹭鹭尚在中学读书，万一自己被批倒批臭，一家人这日子如何过得下去？那几十个日日夜夜，简直不堪回首。后来，在诚恳写过无数次检查之后，不知哪个领导说了政策性强的话，或许是风向有所变化，牛编辑终于被从宽处理，回到人民的队伍，欢天喜地，劫后重生，得以重新回到干校去劳动。当他再一次拿起扁担锄头的时候，牛编辑突然冒出阿Q式的念头，干体力劳动很好啊！为啥不知足，非得去舞笔弄墨？人生识字糊涂始，古人早就看清楚了，想在文化上认真做点事情，那岂非自寻烦恼？

经过那次折腾，牛先生身上再也没了火气，小心翼翼，棱角全无，只把编辑事务作为养家糊口的技艺，所以也就安宁无事，太太平平升到了副总编辑的位置。现在，因为唐社长的知遇之恩，由于这位老革命的激励，牛副总重新体验到体内稀缺的热量。他想，既然被推到本社主持者的位置，他要对得起唐社长，也对得起观望着他行为的员工，他必须挺身而出，腰板硬一点，做一回像模像样的掌门人。

牛副总回到办公室，见各位同事均不在。问了小李，知道郭道海下午直奔大学，找学者教授们摸底，为研讨会预备人选。牛副总放心了。这位年轻人做事踏实，没有玩虚的。唐社长的意见，正是要选好与会者。郭道海去大学面商，再好不过。牛副总本来还想与秦含讨论几句，毕竟选题是他领导策划的。听小李说，秦副总已经提前离开单位，未交代去向，牛副总只得作罢。

第二天上午，上班时间未到，牛副总早早地进了办公室。他知道郭道海的作息规律，从来没有睡懒觉的习惯，上班总是提前到达。果然，一进门，牛副总见郭道海已端坐在桌前，埋头书写着什么。这个年轻人，勤奋而低调，很有前途啊！为啥鹭鹭会看不上？牛副总实在为女儿叹息。这次，郭道海主持丛书研讨事项，作为责任编辑的鹭鹭正需要配合他工作。牛副总寻思，是不是他们改善关系的机会呢？昨天夜里，牛副总见女儿推三阻四，不愿配合郭道海筹备会议，非常生气，难得呵斥了她几句，女儿的态度才有所软化。

牛副总容光焕发地招呼，"郭副总，你来得早啊，我正要找你！"他说话的当口，秘书小李跟进来，打开了大房间通往里间的门。他刚才吩咐过，让小李把唐社长的房间开了，他需要用一会，与郭副总安静地商量事情。

郭道海听明白牛副总的意思，只得放下手里的活，跟随牛副总进了小房间。这屋子，有几天没人气，一股闷闷的味道。还好，不是霉味，是纸张和油墨混杂的气息；飘荡在屋内的空气，对搞出版的人而言，再熟悉不过。郭道海心中暗自诧异，牛副总神神秘秘，啥话要躲进小屋子来说？不过，现在明确是牛副总主持，只能服从他。

两人在靠书橱的小沙发坐定，牛副总开门见山，"我昨天去见了唐社长。"

"噢，不是说局里不准烦他吗？如果能去，我也很想看看他！"

"我是因为面对难题，实在拿不定主意，只好去请教他。"牛副总解释道。接下来，他介绍了局里关于研讨会的回复意见，坦率地告诉郭道海，因为事情棘手，他只好向唐社长求救了。

"唐社长怎么说？"郭道海精神一振。社里的各级干部，历来信任经验丰富的唐社长，"有难题，问老唐"，是小青年们的戏话。

"唐社长的意见，简明扼要：一、力争开会；二、与会人员，可以持不同观点，数量对比上，多一两个对市场经济有疑惑的学者，即与魏书记想法接近的，恐怕更合适；三、不管何种观点的人选，全要找认真做学术的，别选火气旺爱争吵的。"牛副总翻开笔记本，一句句地念。昨夜，他根据回忆，把唐社长的讲话要点仔细整理，一一记录，"不过，唐社长希望，这些意见是我们自己讨论出来的，不要强调是他关照的。"

"为什么?"郭道海不解地问。

"这个么,唐社长没有解释,"牛副总为难地说,他心里知道,唐社长意图提高牛副总的威信,不愿意让他扮演传声筒的角色,"反正,他要我们独立自主处理这些问题。"

郭道海听明白了,右掌在沙发护手上不住地摩挲,"好,唐社长高明!原先,我只想到要找心平气和的学者,倒是没想过与会人员的倾向比例,我懂他意思,对上面好交代,说明我们的研讨会,欢迎学者们多批评这套书!"

牛副总笑了,"你年轻,脑子转得快啊!唐社长还说,人数比例不是问题,只要能把问题放在桌面上认真讨论,真理总是会占上风。"

"太好了,太好了。"郭道海嘴里念念有词。他告诉牛副总,自己刚才正在拟写研讨会具体方案,现在,根据唐社长的意见,赶紧做一些修改。

"你快写吧。写完,我们就报告局里。"牛副总满意地说,他跟着又叮嘱一句,"唐社长的意思,到这间屋子为止。"

"明白!"年轻人痛快地回答,他确实明白了,牛副总为啥要把谈话放在小间。是的,我们做事情稳妥些,唐社长病情严重,尽量不给他再添麻烦。这两天,郭道海一方面筹备会议,一方面继续攻读海内外的经济学论著,有中文版最好,英语版的他也大体能够读下来。魏书记批评他在市场经济理论方面是外行,郭道海只好狠下功夫，不仅仅为了争这口气，确实，不懂各方面常识性的内容，就做不好编辑。所谓杂家，就得像海绵那样，随时大量吸收必需的水分。

郭道海在大量阅读中，渐渐形成自己的一些想法。他开始明白，第二次世界大战之后，资本主义体系曾经陷入危机，他们为了走出困境，向社会主义体系学了不少招数，包括社会福利制度、减少贫富差距等等。同理可证，我们引进市场经济的体制，只要对社会发展有好处，何乐而不为？他觉得，魏书记的看法偏颇了。他希望在即将召开的内部学术研讨会上，能够听到专家们更多的真知灼见。

看着年轻人离开小间，牛副总没有急于起身，依旧陷在柔软的沙发座里。这屋子真是小，沙发旁边，就是唐社长的办公桌，伸伸手，可以拿到桌上的电话机。牛副总知道，唐社长也有中午小憩的习惯。他坐在沙发里打盹，有电话进来，不必起身，随时可以接听。

桌子上面，收拾得很干净，没有一丝儿的灰尘。钢笔、毛笔、圆珠笔和各种色笔，整齐地插在笔筒里面。一沓未拆封的信，堆在桌子的右角。秘书小李很尽心，唐社长住院，他依旧每天进来打扫一下。

牛副总不无伤感：英雄只怕病来磨。唐社长能否回到这间屋子继续他的工作，只有上苍知道了。他一边伤感，一边拿起了桌上的直线电话，拨给发行所的刘主任。

"老刘啊，我们社的王副社长是不是找过你喝酒？"牛副总开门见山地问。昨天晚上，鹭鹭回到家，问老爸，王副社长怀疑郭道海是魏延，把丛书挨批的内幕泄露给发行所，到底是怎么回事？牛副总听罢，兀地一惊，询问来龙去脉。鹭鹭回答得含含糊糊，语焉不详。牛副总估计，她是从秦含嘴里听来的，所以不肯细说来由。牛副总顿时就有了心事，今天得向老刘问个清楚。

"嘿，你老牛关心这个小事？"刘主任大咧咧地嚷道，"他跟我喝酒，是黄盖的苦肉计，想让我酒后失言，我看《三国演义》不比他少，那些小九九，小算盘，我会不懂？"

"行啊，哪天我们再喝，我肚子里没有小九九，你可以痛快地喝。"牛副总答道，"你先告诉我，他是不是查问什么啦？"

"文革"开始的时候，牛副总进出版社不久，还嫩，写大字报不知天高地厚，卖弄文采，被造反派抓住把柄，说他是"三反分子"，抓起来隔离审查。好在负责此事的老刘，当时不大不小，算个头儿，见他书生可怜，想法帮他糊弄过去。牛副总视刘主任有救命之恩，二十多年来，一直保持着好友关系，常在一起喝个小酒。那天，唐社长召开紧急会议之前，牛副总已约了刘主任喝酒，会议耽搁点时间，会后还是去发行所的小宾馆，兄弟俩喝了个痛快。其间，刘主任夸他们社的《市场经济常识丛书》，说这套书正对路，卖疯了,他已经要求王副社长赶快重印,准备再添几万套。牛副总听了,为老朋友担忧,怕风向一变,书全部砸在手里,就含糊地劝道:别着急进货,看看形势再说。刘主任纳闷,问他究竟怎么回事?牛副总碍于本社会议宣布的纪律,王顾左右而言他,含糊几句,没敢往下细说。刘主任何等精明的人物,估计是猜出其中蹊跷了。

刘主任哈哈一笑,"你老牛担心啥,我会不知道轻重?放心咯,你那天没醉,守口如瓶,什么也没有告诉我!"

"那么,王副社长凭啥猜测,你探听到我社秘密?"

"嘿嘿,那是因为我拒绝再进这套书,更是一口回绝他的现金交易的手段,他想玩我啊?"刘主任在电话里得意洋洋地笑,"老哥我,小本事总有一点,你不肯明说,我找郭副总探虚实啦!"

"啊?"牛副总一惊,"确实是他告诉你的?"

"哪里啊,他像你一样,狡猾大大的!"刘主任道,"不过,不用他开口,我能够猜个八九不离十,这套书,大事不妙!"

"怎么可能?你会算命?!"牛副总不相信。

"戏法戳穿,一点不稀奇。你们那套书,卖得好好的,你劝我别进货,你老牛肯定是出于好心,我必须相信几十年的铁杆兄弟!"刘主任爽朗地说,"你又不肯仔细解释,这让我狐疑,我得找旁证啊。我电话找郭副总,找了好几次,他只说开紧急会议,回家晚了,说到会议内容,却是含糊其辞,哼哼哈哈,不肯透露具体细节。我把两个情报凑一块,用心一想,就猜出大概,你们那套书,八成是撞墙了——"

"你不愧是老谋深算!"牛副总佩服得五体投地,"换成我,这种七拉八扯的信息,无论如何也拼不起来!"

"哈哈,在出版业混了几十年,还摸不出这点道道?我老刘不笨不傻啊!"发行部的老法师得意洋洋地大笑不止。

"那么,王副社长找你探消息,你如何作答?"牛副总还是不放心,追问道。

"那个简单,真真假假,我说得他云里雾里,辨不清方向啦!"刘主任很开心,"那点儿酒整得住我?我铁嘴铜牙咬住,我能算命,我是他喜欢的小说里的人物,我是小诸葛,天上地下,我全部会猜,多少有点借东风的本事,信不信,且由他吧。"

牛副总这才彻底放心,连声道谢。他解释说,并非胆小,因为唐社长住院,由自己主持工作,不愿旁生枝节闹出事端。刘主任自然表示理解,大大咧咧地说,多少年,肝胆相照,兄弟之间,不必客套。

"改天请你喝茅台,一并致谢。"挂断电话之前,牛副总心中石头落地。他为人向来谨慎,除工作之外,很少私交。发行部的刘主任,因为多年前的交接,竟然把友情延续下来,算是难得之缘。

第 二 十 章

临近午餐,秘书小李向牛副总请假,说他趁中午的间隙,去跑一趟华东医院,唐社长给他打了电话,希望把这几天的信件送到病房去。牛副总当然准假,叮嘱说:"好啊,劝唐社长一百个放心,安心手术,全社的同仁牵挂着他。"

小李提着一袋信件,刚要出门,牛副总又叫他回来,"你带个口信给唐社长,说社长室安排妥当,并且和局里通过气,关于丛书的研讨会,一切按照商定的想法正在实施中,请他放心。"小李是口风极紧的人,牛副总对他交代情况,自然直来直去。

小李问:"局的办公室有通知,说市里研究重大政策的部门要下来调查《市场经济常识丛书》的情况,明天或者后天,会到社里找主要领导谈话,这个,要不要对唐社长说?"

牛副总摇摇头,"小李,你是聪明人,那种谈话,不是轻松的事情，肯定头疼，不要影响唐社长治病啦。我主持工作，局里正式认可了，就由我挡挡呗。下来调查的人，不见得跑到医院去谈？"

小李痛快地应了一声，赞同地望望牛副总，微微一笑。牛副总城府比他深得多，还看不出他那微笑的意思？晓得他肯定在肚子里寻思：牛副总有肩胛了！牛副总不和年轻人计较，又关照道："你告诉唐社长，研讨会的事情，我觉得不能拖延，假如上面态度有变化，或许又开不成。我想，明天下午就开会，反正小范围，通知来得及。"

"行！郭副总已经把会议报告拟好了，正在打印，请牛副总过目后签发。我从医院回来，就把给局里的报告直接送过去，免得走交换通道，耽搁时间。"小李再次痛快地应承，提着信件袋，飞快地下楼去。他为了赶时间，连中午饭也顾不得吃了。

秘书小李，在社长室工作多年，坐在容易得罪人的位置，得到上上下下的认可，不简单。社长室秘书的位置，为啥容易得罪人？首先，你不是某领导专用秘书，你面对社长室多位领导，你得听主要领导的话，也必须尊重其他领导的意见，不能厚此薄彼，这个尺寸就不太好掌握，要有点周旋的艺术；其次，下面的编辑，有稿件送审，有选题上报，心里着急时，总想从你嘴里掏点消息，头儿们看了没有啦，态度如何啊，盯住问，即便你心里清楚，嘴巴要守住，既不能泄密，又不能生硬顶撞，这种微妙的应对，亦不好操作；还有，社会上四面八方，对出版社有批评或者抱怨，打电话进来想找领导说话，不能老是打搅埋头审稿的各位吧？干脆拒绝接电话？那会损伤出版社形象，于是，秘书得耐着性子听，硬着头皮与对方对话，那一边可以放大嗓子骂甚至胡搅蛮缠，你却不能粗野，得显示文化单位工作人员的涵养，如此等等，数年下来，把小李的性子磨炼得不错。当然，唐社长和各位肯定他，更要紧的，是他既勤恳踏实，又细致周到，还绝对守纪律，从不在领导之间搬话。搬嘴弄舌，自以为聪明，实际是做秘书的大忌。

  小李在部队里是搞密码翻译的，养成了好习惯，不该问的不问，不该说的不多嘴。他口风紧到什么程度？有一回，从北京过来一个搞调查研究的副部长，是小李的远房叔叔。小李从部队转业，进出版社工作的时候，父亲就告诉他，有一位远房叔叔是他们出版口子的大领导。小李听罢笑笑，没当回事，觉得与他没有关系。副部长难得到上海来，总要见见多年未见的亲戚，小李的父亲与他约好了聚会吃饭，想把小李带去，认识一下。小李想来想去，找理由推脱不去。他觉得认识了领导反倒麻烦。出版社跑北京领导部门办事，是常态，公事公办最好。如果知道小李有这么点亲戚关系，今后，办事者要小李出面说情，是答应还是拒绝？怎么说，也不合适吧。所以，他对社里各位领导均没有提起过这位亲戚。自然，也不打算扯出这层关系，让社里对自己有何照顾。"公事就是公事，别夹杂他妈的其他味道！"部队里一位山东籍的团长喜欢讲粗话，但他为人耿直，让小李信服，向他学来为人处事的基本尺度。

眼下，小李碰到了难题。有一个情况，说出来，还是装傻不说，左右为难。说吧，不符合沉默是金的原则，有点在领导间搬弄是非的味道；不说吧，毛病更大，那就是黑白不分、正邪颠倒了。

他意外地发现了秦含搞的小动作，他震惊万分，不由出了一身冷汗。仔细回想过程，再三核对文本的字里行间，最后明白，秦副总确实在审稿单上做了手脚。

当初，唐社长签发《市场经济常识丛书》之后，把发稿单交给小李送总编办公室。小李按惯例，在文件流转记录本上登记。他细心，觉得有一个细节需要提醒领导。唐社长签名的第一页，下面完全空白，留有隐患。从文件的规范说，这一页，如果不想填写，空白处，至少应该用笔划掉。小李当即对唐社长说了这事，唐社长从善如流，立刻纠正，在空白处做了划线的符号。正是这一耽搁，让小李仔细读了秦副总和责任编辑的审稿意见，希望了解唐社长不再签署意见的原因。他搞电报密码出身，记忆力超强，秦副总慷慨激昂的言辞，让他印象深刻。现在，突然多出一句要唐社长务必把关的语句，如何不触目惊心？再说，小李熟悉各位领导的书写习惯，秦副总的签名与正文间留有大空当，是他素来的习惯，与其他几位总编不一样。小李天天登记流转文件，看得熟悉，现在，这空当不空，一行新加上去的文字，生硬地刺激着小李的双眼,他左看右看,就是不合适。这种突然的变化,别人的眼睛或许不在意,却难以忽悠秘书小李的记忆。小李惟恐自己搞错,还特地寻找多份秦副总签发的文件,一一查对。事实非常严酷,其他的文件,秦副总签名时留的空白,几乎一个模子刻出来,连宽度也无甚差池,唯独这一份审稿单的空白,硬邦邦地被新填写的文字塞满了。

小李在紧张慌乱之后,无可避免地陷入了沉思。秦副总表面上文质彬彬,待人客套,其实,小李看得清楚,他天性精明强悍,除了对唐社长有几分尊重,别人都没放在眼里,是不能得罪的领导。暗自篡改归档的文件,谁都知道是违纪违规的不光彩行径,秦副总为何敢冒天下之大不韪?小李想,他是怕了,怕这套书被查处,他要承担很大的责任。秦副总啊秦副总,你聪明一世糊涂一时,这样的瞒天过海,不是自跳泥潭,越陷越深吗?他敢做这样的手脚,是破釜沉舟之举,小李如果把这个秘密捅出来,把秦副总彻底得罪,后果肯定严重。不说,装傻吗?似乎违背小李做人的原则。再说,小李最佩服的领导是唐社长,他威望高,正派、刚毅而且智慧超群,此事涉及唐社长,秦副总趁唐社长病重,想把事情推到老社长头上,让小李实在气愤,未免太卑鄙吧?既然看穿了,还保持沉默,对得起谁呢?不过,唐社长即将有大手术,去对他讲这种低级狡黠、卑劣无耻的伎俩,影响他情绪,好吗?在开往华东医院的公交车上,小李反反复复地掂量着,心中七上八下,拿不定主意。

唐社长知道小李要过来,午饭后没有休息,端坐在圈椅中等着。小李急匆匆进门,跑得面红耳赤,送上一提袋的信件。唐社长接过去,连声感激,说他闷得慌,手术还要等两天;看看信,也是解闷的好办法。小李纳罕,不由问,为啥还要拖那么长时间啊?唐社长笑笑,回答说:"老啦,机器部件故障多,医生头疼。管麻醉的医生,说是必须谨慎,提出还要做什么检查,免得一针麻药下去,手术还没做,人已经呜呼!"

他说得轻松幽默,小李听得心惊肉跳,"哪里会啊!唐社长身体向来不错,好端端的,不会有事!"他年轻,经历的事儿少,也不知该如何宽慰领导。

唐社长不在乎,"嘿嘿,反正一上手术台,全交给医生打理,我根本不操心。"他拆开一封信,在上面扫视两眼,想了想,又搁下,开口问道:"社里有什么新情况?"

小李知道他最想问的是什么,就把牛副总关照的话,一五一十,如实背了一遍。

唐社长听着,很感兴趣地问:"社里讨论这套书的过程,你做记录时听到过啊。现在要开研讨会了,为啥策划这套书的秦副总不出面主持呢?"

"他么——他——"小李几乎脱口而出,说秦含逃之夭夭还来不及呢。话到嘴边,硬是吞了下去。秦含毕竟是领导,小李的习惯,不能在领导间搬话。

唐社长笑笑,听出小李欲言又止,他估计年轻人有为难之处,不想逼他。他向来喜欢小李的谨慎,做秘书,这一条很重要。有的人,做了秘书,感觉自己就是领导代表,说话做事那种盛气凌人的气派,看着就讨厌。小李不一样,做秘书,反比社里多数人低调得多。唐社长换个话题说:"你觉得郭副总提议开会,是出于什么考虑?"

小李沉吟片刻道:"他当然是为了社里利益打算。他觉得把这套书全部否定,不公平,社会上反响也不好。"

唐社长又问:"你看过书了吗?"

小李不太好意思地说:"翻过一部分,觉得有道理。不过,我底子差,不完全懂。"

唐社长鼓励道:"你还年轻,要边工作边学习,在出版社里,只要有心,可以学到很多。"他点点自己的太阳穴,又说:"我的脑子里,不懂的也多,在出版社工作时间长了,强迫自己现学现卖。"

小李道:"我跟您怎么能比?我的文化基础差,人生阅历更浅。不过,我记住您的教导,一定认真多学。"

唐社长微微一笑,"什么教导啊,不过是我人生的体验。我的工作生涯快要结束了,今后,靠你们年轻人长江后浪推前浪啦。你注意向老编辑们多请教,比如郭副总,可以多请教,在学养方面,他特别扎实!"

小李听着老社长细致的关照,连连点头,心里却有别样的滋味,隐约地泛酸。难道唐社长真是不能再重返岗位?出版社需要他啊!眼下,社里困难重重,暗流涌动,要稳住局面,离不开唐社长啊!

也就在这一刻,小李拿定了主张,关于秦含偷偷修改审稿记录的行为,今天不向唐社长报告了,让老社长少些烦心的事情,精神轻松点,去面对一次重大的手术。只有手术完全成功,才可能谈将来是否恢复工作。

不必自卑,也许,作为一个普通的工作人员,也可以有肩胛,小李自己为啥不挺身而出,担当些责任?

要么去向牛副总报告?小李曾经琢磨过这条路径。他反复权衡,又觉得眼前还不合适。尽管牛副总主持了工作,比过去果断许多,但在这多事之际明显吃力,给他增加难题有所不忍。旁观者清,小李在社长室时间长了,看得明白,秦副总自视甚高,除了对唐社长还有几分畏惧,其他同事,没有谁被他瞧得起。他把郭副总视为竞争对手,想方设法要压过对方;另外两位社领导,他更没放在眼里。牛副总主持社务,他会当回事?如果牛副总出面,查问审稿记录被改动的事情,秦含肯定火冒三丈,他若不大吵大闹,才怪!这风风雨雨的当口,唐社长住医院,社长室吵不得啊!

小李心里拿定主意,也就平静地向唐社长告辞,没有让老人看出他内心的波澜。他想明白了,这件事情,当下先由他来承担麻烦,不能让秦含的行为变为既成事实。颠倒黑白,太卑鄙了!自己明明看清楚了,不声不响,有同谋之嫌;同时,他也不想给困境中的社长室再添压力。他可以写一份材料,实名么,怕啥!详细说明此事来龙去脉。秦含抵赖?没关系,领导部门真想查清楚,技术手段可以解决。新添上去的字,相信技术能够辨别。小李唯一尚未拿定主意的,是把材料交给谁?直接交到局里去吧,似乎对主持工作的牛副总不够尊重。不着急,慢慢想,谋定而动。他觉得,唐社长处理问题,历来如此。事情得想明白了,再着手操作。郭道海有一句常说的话,"静如处子,动如脱兔。"大概是哪本古籍中说过的,小李听着有味道,朗朗上口,还特地查阅工具书,寻找句子的来历。对,想清楚了,敢于出手,这意思差不离。

第二十一章

　　小李回到单位,已经到了下午开始工作的时刻。社长室中,牛副总正焦急地等着他。给局里的报告打印完毕,牛副总已经签发。小李一到,牛副总把文件装进牛皮纸信封,让小李赶紧送局办。牛副总说,他立刻召集一个小型会议,郭副总、鹭鹭和他本人先把研讨会的具体事务商量妥当,等局里回复同意后,立刻发出邀请函。看样子,牛副总把发条拧紧了,让机器迅速运转,不由得让人对他刮目相看。本来的感觉,牛副总一板一眼,始终不慌不忙,没有任何急迫的模样。这一回,他也是动如脱兔,争分夺秒了。

　　小李转身,刚要走出社长室,牛副总在他背后问,今天怎么没有看到秦副总?小李回答,一早,秦副总来过电话,身体不舒服,请假不上班了。牛副总嘟囔一句,"关键时刻,他怎么正好不舒服?丛书的事情,他大撒手了?"他叹口气,"不能等他了,我们先做事!你赶紧到局里去,不能给收发室转,要直接交给局办主任!"牛副总对小李叮咛道,赶着他快去。

小李跨着大步,以行军的速度往前赶,作为曾经的军人,这是长期训练的基本功。他明白牛副总心里着急啥,眼前,局里同意开会,不过,世事变化难料,比方说,万一有哪个处长给在外地养病的魏书记递消息呢?林子大了,什么样的鸟儿没有!魏书记听说以后,没准雷霆震怒,坚决不同意开研讨会呢?不见得局长和他争吵?还是先开会,尘埃落定为上策。去华东医院前,牛副总让他给唐社长带口信,说打算这两天赶紧把会议开了,小李就猜到了他的念头。平素黏乎乎的牛副总,中午非得好好睡一觉的牛副总,竟像变了个人。他今天还没午睡呢!从时间上算,肯定来不及睡。小李想,决定让他主持工作,唐社长是心中有底,把他的精气神给逼出来了啊。

小李急匆匆闯进局办公室时,见沙发上坐了个年轻人,第一眼判断,应当和自己差不多年纪。从他身板坐得笔挺的姿态,小李猜测,应该也是军人出身的干部。局办主任从小李手中接过报告的同时,给小李介绍说,这一位,是市里政策研究部门的刘处长,专门来了解《市场经济常识丛书》情况的。

刘处长从沙发上起身,径直走向小李,把大手伸了过来。小李顿时发现,来人好高,比自己高了半个头,一米八几啊!从两手一握的力度，小李更加相信，他是在部队里训练过的战士。果然，局办主任继续介绍，"小李啊，刘处长和你一样是部队出来的，转业没几年，进步比你快啊，早就是处长了！"

小李轻声说："刘处长是大机关的，优秀啊，我哪能比？"

局办主任道："你来得正好，我把刘处长交给你啦，你领路，他正要去你们社里了解情况。今天，政策研究室的主任有急事没过来，刘处长代表他，说明他们非常重视这次调查研究。"他转向刘处长说："我不陪你了，小李会安排好一切，都是部队转业的，你有啥要求，对他直说就是。"又惟恐失礼，他补充解释，"我要去局长那里，他等这份报告看！"

小李一听，市里政策研究室的主任也要参加调研，心中顿时抽紧。他想，主任是大干部，说明此事已经惊动各方。还好，眼面前只来个刘处长，又和自己一样，部队出身，容易招呼。他热情地道："刘处长，我们一起走吧，社里几个领导正在开会，你想找谁谈，都方便。"

"谢谢啦！麻烦你，我们是战友，你多关照。"刘处长双手一拱，谦虚地解释说，"领导只是让我来看些材料。谈话的任务没有布置。也许，隔两天，主任自己过来时再谈。"

两人并肩往外走，小李问："刘处长要看哪些材料？我回去赶紧准备。"

刘处长回答："不多，不多，你们班子历次讨论《市场经济常识丛书》的记录,局办主任那里有些摘抄,我看过了,但是,按规矩,我想读原始的完整的记录。还有,最要紧的,按出版工作常规,希望看到编辑审稿和签发的全部流程文档。"

小李"嗯"了一声。心中暗想,秦副总鬼精灵啊。他猜到上面要来看这些文字,所以,赶紧做好手脚,还特意存放在自己这里,说什么方便来人查看,分明是拿秘书当枪使,把篡改过的文档给领导部门看。小李无声地摇头,对这个聪明到狡黠的秦副总,不知道是该佩服,还是该鄙视。

刘处长见小李不明确回答,以为他有为难,追问一句,"看这些材料,方便么?"

"方便,没问题!"小李赶紧声明,"你代表领导部门,什么都可以看。"

小李把刘处长带到出版社,两个人先走进会议室,把刘处长介绍了,再一一介绍牛副总、郭副总,还有责任编辑牛鹭鹭。大家初次见面,自然免不了一阵客套寒暄。然后,依照牛副总的安排,小李把刘处长请进唐社长的小屋,将他需要的各种材料备齐,又泡了杯清茶,证实处长没有其他需要,小李轻轻带上门走出屋子,让刘处长能够不受干扰地工作。

小李退回自己的桌子,心绪稍定,慢慢整理一沓今日新到信件。他边整理,边思索:要不要对刘处长说,材料中有一封关键文档,就是领导签发的审稿单,其中有地方做过手脚?大家都当过兵,自来熟,说话顾忌少些。小李细想,又觉得不妥,不报告本社领导,也不报告局里,越级捅上去,实在不合适,不仅得罪本社各位领导,局里也会难堪啊。他正在紧张思考,突然,电话铃声又热闹地响起来。拿起一听,还是局办公室主任。对方问清对刘处长的安顿情况,随即转入主题,要求小李拿出纸和笔,依据他的口述,做好记录。他说,局长对他们的报告,表示基本满意,说了两点重要想法。现在,他转述局长意见,请小李记录后,交社领导们阅。小李急忙从抽屉里拿出记录本,心想,这一回,局里的反馈也是兵贵神速:

一、会议可以召开,按报告内容执行,局里不另行批复。

二、会议讨论内容,不见诸新闻。会议纪要,也不对外公布,仅限班子阅读,并给局里报送一份。

小李一字不落地做完记录,口头与主任核对一遍,确认无误,挂断电话,不敢耽搁,赶紧跑去会议室,交给了牛副总。牛副总扫一眼记录本,高兴地说:"局里同意开会了!我们立刻发通知吧。我想,越早越好,明天下午就开会。郭副总,你看如何?"他说着,又扫了坐在旁边的牛鹭鹭一眼。见女儿无精打采,连眼皮也不抬起来,牛副总无奈,当着外人的面,又不便数落她。

如此紧急地召开会议，过去从来没有遇到过。郭道海说："时间很急啊！有的学者，未必读过全整套书，通知发过去，需要同时把书送上。"他说着，把一张写满字的信纸推到鹭鹭面前，"这件事情要辛苦你。时间太紧张，光送通知不保险。麻烦你，每个邀请对象，再打一次电话。这样就是双保险了。"

鹭鹭对父亲爱理不理，对郭副总，却有起码的客套。她瞧瞧纸上娟秀的字体，是郭道海手写的邀请名单，她微微点了点头，简洁地回答："没问题。"她走进会议室后，没有见到秦含，情绪不高，连话也懒得多说。

牛副总又问秘书小李："什么办法送通知最快？"

小李说："时间太紧张了，通过邮局不行，我们自己送。王副社长那里，有跑外勤的摩托车手，辛苦他赶赶，十来个地方，晚饭以前，估计可以送完。"

牛副总高兴地说："好主意，你快请王副社长过来。"见小李转身要去招呼人，他想想不妥，又说："郭副总，还是我们直接去经营部，关照外勤小伙子仔细点，每个地址一套书、一份通知，今天晚上前送到，千万不能出纰漏。"

郭道海自然没有意见。会议到此结束，两位老总去经营部，鹭鹭留下来，用小李的直线电话开始口头通知，小李则回到唐社长办公室，继续照应刘处长。

听刘处长的意思，他必须在当天完成材料的摘抄整理，形成可以给主任看的文本，无论时间多晚，哪怕是夜里九点十点，这个文本一定要送达主任案头。

小李啧啧嘴，问道："工作节奏那么紧张？"

刘处长笑笑，"我们习惯了，一般事务，能当天做完绝对不拖。"

小李对照出版社的工作程序，觉得对方的安排紧张得难以理解。隔天做完，有啥不可以？但他没说傻话，只是随便地问："九点十点，你们主任还没有回家？"

刘处长边抄材料边回答："我们工作到十一二点，不稀奇啦！"

小李心中暗暗感叹，工作强度如此大，时间一长，吃得消？他不敢再打搅刘处长，赶紧出去让食堂张罗晚饭。他知道今晚得加班，陪伴刘处长完成任务才能下班。这些细节，做秘书的都要考虑周全。小李做秘书有些年头，刚开始有过纰漏，被唐社长教训得脸色发白。现在，他已经养成一板一眼、点滴不漏的习惯。

第二十二章

鹭鹭按照纸页上的电话号码一个个地拨，耐心地等待电话的接通；铃响许久，没人接听，只能暂时跳过，打下一个号码。联系的对象，有的是鹭鹭认识的，在编辑《市场经济常识丛书》时，她和秦含曾经登门拜访请教；也有她根本不认识的学者教授，仅仅是久闻大名而已。不管是否相识，鹭鹭一律以悦耳动听的女中音，恳切地请求对方支持，准时出席本社的座谈讨论。她的职业素养甚高，虽然心情不佳，但做事绝对不马虎。她的声音富有魅力和内涵，是那种可以直达对方心灵的声韵，让被邀请者很难说出拒绝的话语。

姑娘耐心地完成着郭副总布置的任务，没有人觉察她内心的异样，包括不时从她身边走过的秘书小李，亦没发现鹭鹭心绪的紊乱。实际上，她根本无心再工作下去，支撑她行为的，仅仅是多年养成的工作习惯，或者说，是个人修养的素质。

自从前天路遇,秦含与她从公交上下来匆忙告别,消失在淮海路的人流之中,之后,他再也没有露面,甚至也没有给她打电话,或者是用其他方式联络。

秦含突然消失了,消失得像雨后的彩虹。你记得当时看到彩虹的美丽,也记得那种美丽让你心潮澎湃,但是,你再向天际张望,寻找不到彩虹,只有飘荡的白云和蔚蓝的天空,你感到莫名其妙,这个秦含,去哪里了?

白天没法找,坐在社长室对面的闺蜜说,秦含压根儿没有来上班。下班后,鹭鹭也不可能在家里打电话,爸妈的耳朵灵敏,压低嗓门说话,他们都听得清。昨天夜里,等街上行人稀少之后,鹭鹭从家中溜出来,去马路边的电话亭,把电话打到秦含家里。电话铃声不停地响,响一阵,结束了。鹭鹭继续耐心地拨,拨了七八次,还是没人接。鹭鹭只能失望地放弃。他跑到什么地方去了?她百思不得其解。放下电话的一瞬,她身上起了鸡皮疙瘩,不由恐惧地想:难道他出了什么祸事?

不会,绝对不会!她立刻否决了自己的异想天开。一个大男人,在上海这样安全的都市,会突然出啥意外?何况,他又不是无业游民,他这个身份,若出了意外,自己的老爸还不是马上接到报告?

今天早晨一上班,鹭鹭就恳求闺蜜去社长室探风。别人不知道秦副总去向,秘书小李应该知道。这并非业务机密,小李没有理由守口如瓶。闺蜜瞧她心神紊乱，憔悴许多，自然一口应承。后来，听闺蜜汇报，好像秦副总是身体不舒服，所以请假了。鹭鹭仔细一想，还是不对。身体不好，能给小李打电话请假，为啥不能给自己一个信息？再说，昨夜打电话已经十一点，他还不着家，那像生病的样子吗？除非是住院。真要住院了，那就是大病，小李也不会说得轻描淡写。左思右想，实在蹊跷。

在如此烦躁的心绪里，鹭鹭怎么有心情认真讨论工作？因为老爸的命令，她才不得已应付，强打精神到会议室开这个准备会，也不得不按照郭道海的安排，去和被邀请与会的教授们联络。

无论如何，鹭鹭推测不出发生了什么事。秦含到底因何原因消失了踪影？至少没有不与她联系的理由啊！他们不久前还是如此休戚与共，如此甜蜜温情，尽管发生了丛书挨批的意外，他们更应当抱团取暖，一起设法渡过难关啊！

鹭鹭把电话通知的事情做完，回到自己的办公室，坐在桌子前面，无聊地等待时间的流逝。为了不让人看出她心事重重，她取出厚厚一沓稿纸，慢悠悠翻看着。她的目光不时飘向左面的墙壁，那里悬挂的壁钟完全不理会女孩的心情，顾自古板地晃动下摆，保持着不急不慢的节奏。她盼望快些到达下班的时刻，不是急于回家，而是等待同事们统统离开。只有在那个时候，也许电话铃声会响起来，是她渴求的电话。

郭道海走过来一回。他很少到这个办公室来，因为这里不属于他分管。今天他大模大样地进来，找鹭鹭询问联络情况。邀请参加会议的人员，有一个大学教授找不到，刚才，鹭鹭打了多次电话，就是联系不上。郭道海听罢，立刻拿起话机，向熟悉的学校领导问询，才知道那教授出差了，一两天内不会回沪，看来得换人。郭道海迅速翻看通讯录，立刻把新的人名和电话号码给了鹭鹭，"还是辛苦你联系。"他说，"我马上去找外勤，让他给这个教授送书过去。"

鹭鹭淡淡地回答："不辛苦，应该是我做的。"她是责任编辑，与这套书相关联的事务自然责无旁贷。略微感到别扭的，是指挥她编书的领导躲开了，让郭道海来安排一切。最近这段日子，她为了避免秦含吃醋，尽量不与郭道海照面。现在，完全没法躲避，郭道海有充分的理由直接找她。

郭道海站在她桌前，轻声问了一句，"你脸色不好，身体不舒服？"

鹭鹭警惕地四下看看，办公室里除了她，只有两位老先生埋头在稿件堆里，他们应该没有察觉郭道海细心的关怀。她摇摇头，看看他，从他的眼睛里发现体贴的温情，她显得很窘迫，赶紧低下头，含糊地回答："没什么。我马上给教授打电话。"

郭道海晓得她不愿交谈，知趣地离开了。

郭道海走出门的时候，鹭鹭已离开自己的办公桌，走到直线电话旁，预备与教授联络。这时，她听见两位老先生在议论，"看不出啊，郭副总蛮有魄力，敢挺身而出——"

鹭鹭知道，最近，社内的头号新闻，就是围绕《市场经济常识丛书》发生的种种情况。魏书记在本系统的威望毋庸置疑，既然被他狠狠批评了，编辑们晓得事情不简单，为本社可能受到的麻烦而忐忑。不过，也有一些编辑愤愤不平，觉得出版这样的书籍，有利于改革开放的大趋势，魏书记的批示岂止是小题大做，简直是倒行逆施，因此，不由得对郭道海提议召开研讨会颇为赞赏，认为这位年轻人有见识，也敢于担当。鹭鹭听着议论，心里未免对秦含恨得咬牙切齿。女孩觉得，明明应该是秦含做的事情，为什么躲得身影全无？这一回，他让鹭鹭非常失望。秦含的能力与智慧，他的口才与潇洒的外表，长期以来，始终让姑娘着迷。头一次，秦含让她如此失望，他不应该成为缩头乌龟、惊弓之鸟啊！鹭鹭欣赏的秦含，那个风度翩翩、始终腰板挺直的男子汉，到哪里去了呢？

楼梯口脚步的喧闹，从外面传进编辑室，终于到了下班时间。办公室里的两位老先生，临走还招呼鹭鹭，姑娘假装埋头看稿，让他们先走一步。办公室里突然安静下来，墙上挂钟的走动声明显响亮起来。外面的楼道，下班时所特有的嘈杂，持续了十几分钟，随后慢慢归于平淡，脚步声稀稀拉拉，逐渐消亡，空气似乎也静寂得停止流动，安静的楼房内，仿佛只剩下了鹭鹭一人。她呆坐着，目光时而扫向电话机。黑色的座机沉寂地躺着，没有任何热情地平躺在桌面上。

鹭鹭咬着牙,恨恨地想:你再不打电话,我从此不理睬你!

足足又等了四五十分钟,电话机依旧没有任何动静。她憋不住了,走过去拿起话筒,向秦含家里拨过去。她哪里会忍心不理他。如果他真是身体不佳,应该在家里休息吧?连拨几次,还是没人接,与昨天的情况完全一个样。鹭鹭心里一阵委屈,眼睛里泛起了泪花。秦含分明没把自己放在心上,毫无理由地人间蒸发了!

她快要被秦含逼疯了!她不敢想象,若依然得不到秦含的信息,今夜将如何入睡?

吃过晚饭,鹭鹭没精神应付父母的唠叨,早早地躲进自己的房间。她打开录音机,听巴赫的音乐,试图平复自己焦躁的内心。巴赫的旋律,据说包含着宗教般的神秘,可以抚慰心灵。此刻,它不起作用,在音乐的安慰中,姑娘的心境还是难以平复。突然,父亲在厅里大声召唤,刺破了音乐的氛围,他喊着,要鹭鹭过去接电话。鹭鹭从小沙发里蹦起,第一个念头:秦含的来电!随即,又紧张地想到,父亲熟悉秦含的声音啊!肯定会啰嗦个没完——她顾不得多想,径直奔向沙发旁的电话。等到拿起听筒,又感到无比的失望。电话那头,不是秦含,而是她最要好的闺蜜。闺蜜说,已经到了她家小区旁的咖啡店,想请她出去坐坐。

鹭鹭聪明地猜到,也许,闺蜜有重磅消息要告诉她,否则,可以等到明天上班啊。不管怎样,能有朋友聊天,打发这孤独得令人狂躁的时间,总比独个儿傻傻待在房间里好。

两个多年的好友,在简陋的咖啡店里落座。鹭鹭闺蜜的父亲是报社的资深记者,几十年跑文化大口,人脉广泛,消息灵通,是所谓"谈笑皆鸿儒,往来无白丁"的人士。吃晚饭时,父亲漫不经心地聊天,谈到了关于出版社方面的动向。说者无意,听者有心。鹭鹭的闺蜜大惊!她不能漠视这重要信息,便迫不及待地跑来见鹭鹭。作为最要好的朋友,她知道,这个变化对鹭鹭的人生至关要紧。

"不可能吧?"鹭鹭听完,脸色大变。消息的本身还不算石破天惊,要害是秦含瞒着她,在规划人生的大变化。难怪他连影子也不见。她无助地看着闺蜜,"真有此事?"

闺蜜肯定地点头,"老爸说得有鼻子有眼,是一手的消息,他和部队文化口的人来往很多。因为涉及我们出版社的老总,他还特地多打听了几句。"

即使不愿意相信,也无法怀疑了。鹭鹭晓得闺蜜的真心,也晓得她老爸是谨慎之人,不会传没影的事。晚上的咖啡店,坐满了年轻人。店堂里,声音有些儿嘈杂。光线掌控得不明不暗,恰到好处遮盖了鹭鹭的神情,那一张高傲得让男士们注目的脸庞,此刻变成楚楚可怜的女孩脸蛋,躲进了灰蒙蒙的空气。

闺蜜体会到鹭鹭的伤感,从沙发座的那一面挪过来,紧紧依偎着她，安慰道："鹭，你对他那样用心用情，真不值！我觉得他靠不住——"

闺蜜这么一说，鹭鹭更加难以抑制自己的情绪，她的脑袋无力地歪到闺蜜肩头，竟然轻轻抽泣起来。幸亏，咖啡店的嘈杂很好地掩护了女孩的隐秘，没人注意到她的失态。闺蜜抽出一张面巾纸，让她拭去泪痕，"鹭，他太油滑，配不上你的真心实意。"见鹭鹭情绪稍稍平稳，闺蜜进一步劝道，"你那么优秀，才貌人品都是顶尖的，何必耽搁在他这里？喜欢你的好男人，有的是。就说郭副总，也是男士中冒尖的，他对你一往情深啊——"

鹭鹭用手臂撞了一下闺蜜，"不说这个——"

闺蜜微微笑着逗道："我跟你说，郭副总这么出众的男人，你再犹犹豫豫，我要动手抢咯。到时候，你别对我翻脸！"

鹭鹭急道："你喜欢，尽管追去，与我何干！"

"嘿嘿，急了吧？"

鹭鹭眼一瞪，往闺蜜腰里捶一拳，捶得闺蜜赶紧求饶，"我不抢，保证不抢。不过，别人抢，我就管不得了——"话音未落，鹭鹭的第二拳又跟过来，闺蜜夸张地叫疼。这么打岔，总算让鹭鹭的情绪放松不少。

闺蜜聚在一块，说起话来就忘记时间的流逝。待想到明天还要上班，急忙付了账，走出咖啡馆，天空早已幽黑高远。夜风凉飕飕的，让两个穿得不多的女孩连连打寒噤。闺蜜直说受不了，拦一辆出租车，赶紧离开。鹭鹭家就在对面小区，她也就裹紧外套，快步往回走。待走到小区外面的电话亭，鹭鹭的步子慢下来。她看看手表，将近十点，电话亭空着，虚席以待。鹭鹭不再犹豫，不怕身子冷得哆嗦，推开狭窄的玻璃门，一脚跨了进去。

不管秦含忙什么，也不该天天夜深还不着家吧？

鹭鹭气呼呼地嘀咕，你躲我？我偏找！她果断地拨了那一串背得滚瓜烂熟的数字。她祈祷着，要接，要接！今天的运气，在女孩这一边，电话终于被接通了。

鹭鹭：你躲哪里去了？连影子也见不到！

秦含：噢，是你啊！这么晚，跑出来打电话，也不怕受凉！

鹭鹭：你还管我凉不凉？你恨不得把我彻底忘记！

秦含：说什么话呀，开口就冲！我不是忙得不可开交吗？你知道书的事情麻烦，我得到处打探消息——

鹭鹭：行了，别骗人啦！你说点老实话，可以吗？

秦含：这么晚跑出来打电话，目的是想吵架？你说啊，我哪里不老实了？

鹭鹭：这两天，你单位不去，家里不待，也不给我任何信息，你到底忙什么？

秦含：刚才已经说过了，你怎么就不相信！忙啥？忙消解这套书的灾难!

鹭鹭:你在外面晃荡能够消解麻烦?鬼才信!我爸和郭副总紧张地安排会议,你也不闻不问!

秦含:嘿嘿,你就陪郭副总忙呗!我保证过的,绝对不干涉,保证!

鹭鹭:你正经点!说吧,究竟忙什么事情?

秦含:你是在审问我吗?既然你不相信我的话,再说下去,有意思吗?

鹭鹭:你不要七拉八扯!你不明说,是逼我说?

秦含:噢,我知道你消息灵通,你说呗,我洗耳恭听!

鹭鹭:秦含秦含,我绝对没有想到,你连起码的诚意也没有!我说就我说,你瞒着社里,当然也瞒着我,四处活动,想逃之夭夭,调到好地方去——

秦含:你想干什么?!监视我的一举一动,你有这个权利吗?

鹭鹭:你不要发急害怕,我说中要害了吧?!

秦含:我怕个屁!你可以去向你老爸报告,也可以向了不起的郭副总报告!我做什么,没必要向大家汇报,包括你!

鹭鹭:秦含!你终于说出心里的话,我当然没有资格管你,你自由自在,天马行空!你本事大啊,有老丈人罩着,你想调哪里,哪怕是调到部队文化部门,还不是一句话——

秦含:你从哪里听来这乱七八糟的消息?牛鹭鹭小姐,我再提醒你一句,你还不具备干涉我行动的权利!哼,跟踪还是盯梢?好吧,你咄咄逼人,我只好正式告诉你,你永远不会获得这个权利!

鹭鹭:我听懂了,你是在宣布让我走开!

秦含:我从来没有想到,你是这样难弄的女人!我身体不舒服,不想再和你啰嗦。再见!

电话被粗暴地挂断。"砰"一声巨响,仿佛天空落下的霹雳,把依旧捏着电话听筒的女孩震傻了。很久以后,鹭鹭回忆起那个场景,会可怜地想起一个成语:呆若木鸡!她怔怔地站立在电话亭中,许久没有缓过神来,直到外面有人敲门,示意她打完电话应该把位置让出来,女孩才傻傻地回到寒冷的大街上。

她无助地昂起头,望向天空。这是个没有星光的寒夜。她脑袋空空的,身体也被抽空了热量,空虚地发抖。就这样结束了?好像有谁在夜空里向她发问。她无力回答。不结束,又能怎样?刚才闺蜜提醒她,告诫她:在困难的时刻,秦含连声招呼也没有,顾自拍拍屁股逃跑,你还能指望他什么?长痛不如短痛,早摆脱早轻松——

寒风刮散了她柳丝般的头发,她想大哭一场,尽情地让泪水流淌。奇怪,她竟然哭不出来,眼睛干涩,似乎已经被寒冷冰封。

所有的温馨时刻,所有的情意绵绵,在那个男人看来,均是可以随手丢弃的虚幻之物——

从这个寒冷的夜晚开始,秦含完全退出了鹭鹭的生活。没有通讯联络,更没有约会见面。这个副总编辑连在出版社也难得露面,偶然匆匆而来,拿些信件就离开了。社里传说纷纷,有的说他在办调离,也有的说他准备出国进修。有不知深浅的同事询问过鹭鹭,既然她是他的红颜知己,应该晓得端倪啊。问得鹭鹭相当窘迫,只能含混应答,匆匆脱身逃开。

女孩绝望并且愤恨,男人难道就是这样无聊的动物?想得到你的时候,满口甜言蜜语;一旦绝情,你就是落叶,被风吹落,飘过他的眼帘,他连眉毛也不动一下?

鹭鹭耿耿于怀,想不清来龙去脉。这么剧烈的变化,到底是什么原因?

很多日子过去,鹭鹭的闺蜜,忠心耿耿的女友,想方设法,多处探究,终于为她理清了头绪。那时候,最初的绝望与愤怒早已淡去,鹭鹭听闺蜜娓娓而谈,平静地接受了这个谜底。

秦含恐惧于被处分的前景,恳请远在海外的妻子向她老爸求救,要这位老军人出面,央求大权在握的魏书记手下留情。秦含的丈人起初拒绝了这个请求,他说,魏书记是个倔强的老干部,原则性特别强,向他说情,没有好果子吃。拗不过女儿的软磨硬泡,末了,老军人当着秦含的面,给魏书记挂了电话。事情与秦含丈人估计的一模一样,魏书记非但没有通融,反而光火,告诫自己的老战友,得好好管管女婿,说秦含不过一个小小的副总编辑,竟然不知厉害,胆大包天,通过出书来鼓吹资本主义的市场经济。两位老伙计在电话中闹得不欢而散。秦含在一旁听着,被魏书记的雷霆霹雳所震撼,知道事情没有挽回的余地,赶紧另外想办法,通过越洋电话与妻子商量,要利用她的各种社会资源,赶紧调离出版系统,最好调到部队的文化部门,远远离开魏书记的管辖,以免遭受灭顶之灾。他做这事,神秘诡异,以为没人知晓,谁知,鹭鹭在电话中直白地捅出来,让他意外,同时感到十分恐惧。他难以想象,鹭鹭是如何得知这些秘密的活动。他觉得,鹭鹭可能是他前进路上的地雷,说不定啥时候爆炸,所以,不顾一切地斩断了他们之间的任何联络——

  鹭鹭听到这些故事是很久以后的事情,秦含早没了人影。社里人传说,他辞职去了海外,与妻子团聚。女孩的心变得冰凉冰凉。这段短暂而狂热的情缘,可以抛弃,却难以彻底忘怀。莫名的伤感,时而袭来,这样的痛楚,将长久伴随;或许,正如闺蜜所说,当她收获另一份美好的情感,那些飘荡的愁绪才会比较干净地退隐。

第二十三章

隔天早上,牛副总到出版社的时间比郭道海还要早。他离开家门的时候,招呼过鹭鹭。女儿躲在自己的房间里,不耐烦地回应父亲,说她夜里没有睡好,晚点去单位。牛副总拿女儿没办法,只能自己先走。

也难怪鹭鹭讨厌父亲的叫唤,牛副总出门太早。想到下午那个重要的研讨会,他在家里待不住,比往常提前了半个多小时出门。小李比他到得还早些,正在接听电话。看见牛副总进门,小李赶紧招手,轻声告诉他:"是局办的,找你呢!"

局办主任在电话中通报了情况。他说,关于他们的研讨会,可能是谁向魏书记通报了信息,昨天夜里,魏书记给局长电话,建议不要开什么研讨会,因为学界的七嘴八舌很难掌控,对上面的决策未免是麻烦。局长分辩几句,说明了同意开会的原因,市委的调查研究，主张多听听各方面的真实想法，开个会没有坏处。两个领导为此事有些争论，局办主任问牛副总："你们的会议，能够停下来吗？"

牛副总心想，我们争取快点开会，有道理啊！他回答道："恐怕停不下来。我们昨天发出通知，今天下午开会，交通员已经把通知和书籍紧急送到教授们手上。突然叫停，没法解释啊！恐怕在外界引起种种猜测，副作用是很大的。"

局办主任犹疑了一瞬，"那就当我没问这话。"

牛副总警觉地问："停下来，是局长的意思？"

"不，局长没说过这样的意思，但是，魏书记发话了，他自然左右为难！"主任干脆利落地回答，"我只是想了解情况，万一局长问起，我心中有数。"

牛副总答道："那就辛苦你，为我们做点解释，突然停止开会，对各大学和研究机构的教授们难以说清理由。"知道局长没叫停，牛副总稍稍放心，为了让局办主任可以居中帮忙，又补充道："我们保证按报告上的计划开会，是一个内部的敞开思想的座谈，不做任何宣传，会议之后，整理纪要送上来。"

局办主任说："看来是箭在弦上，不得不发，只能按计划开会了。不过——"他沉吟了片刻，又问："会议主持人，一定要由郭副总担当吗？"

牛副总听出他话中有话，赶紧问："你什么意思，请明说。噢，放心,你说出的意见到我这里为止,绝对不会外传。"

话已出口,局办主任无法推脱,硬着头皮,迟疑着说:"我的想法,不过是个人的一点建议。你知道的,魏书记对青年干部的要求很严格,现在,他不同意开会,对这套书的批评又非常严厉,让郭副总出面主持会议,我总觉得不合适,他是很有发展前途的年轻人啊——"

尽管局办主任说得含含糊糊,经验丰富的牛副总完全理解了他的意思,知道他是一片好心,魏书记是掌管系统干部工作的,他对郭道海感冒的话,郭道海的发展进步肯定受影响。牛副总赶紧谢道:"明白了,明白了,谢谢你的提醒。"

局办主任又解释道:"这个,仅仅是我突然冒出来的想法,与两位局领导无关。"

牛副总再一次反复保证,电话里的内容仅限他本人知晓,这才放下了话机。

挂断电话,牛副总为难起来。他明白局办主任的细心与好意。魏书记已经表明反对开研讨会,确实不该让郭副总冲在前面。党委书记在讨论青年干部提拔时,他说的话,发表的看法,特别重要。可是,郭道海不主持,谁主持?秦含推脱身体欠佳,根本不露脸。社长室还有谁?王副社长?他不是干这种活的人。要代替郭道海,唯一的人选,就是牛副总本人。担点风险,豁出去也就算了,不过,牛副总知道自己的学术修养不够,对经济学理论不太熟悉,那么多大教授在场,自己主持水平欠佳,是会让出版社丢脸的啊!

牛副总正在左右为难,思虑不定,外面走道上,突然人声喧哗,会议室方向,好像涌动着一群人。牛副总暗自诧异,还没有到上班时间,哪里来如此多的人?秘书小李跑过来报告,说王副社长带着发行部的小伙子们,搬来几箱子的《市场经济常识丛书》,说是要把书堆在会议室中,点缀一下今日会议的气氛。

牛副总赶紧过去看。王副社长的点子真不赖,他搬来一张三米的长桌,桌子上面铺了块红布,斜放在会议室内的墙角,正好对准了大门。王副社长指挥着小伙子们堆书,堆成高高低低的形状,一长溜,排满了长桌,煞有气派。王副社长见牛副总过来,挺得意地说:"给会议增加点热量。你老牛看看,批准吗?"

牛副总端详着问:"你堆出的是什么造型?"

"你看不出?"王副社长诧异地反问,"城墙啊!这高低错落,当然是城墙。"

"长城?"牛副总还是不明白,这个造型,与他们会议的主题是何关系。

"哎呀,你老牛不要仔细推敲,又不是做学问,一定要刨根究底、水落石出。"王副社长笑他,"就是点缀点缀的意思。一群大教授,平时都是被学生们众星拱月的,坐在空荡荡会议室里,冷冷清清，开会的时候，心情不舒畅啊！"

牛副总不得不佩服王副社长的点子。他们给局里的报告，说明是内部研讨，因此不设置会议主题的标识，不拉会议横幅。牛副总也想过，请教授们大老远跑来，冷清清的，有点失礼。不过，既然向局里保证是低调的会议，也没啥办法。现在，王副社长的点缀之举，让会议室顿时热闹、亮堂许多。何况，没有违背向局里的承诺，开会研讨丛书，房间里放些书本，供与会者随时抽看，非常正常。牛副总拍拍王副社长肩膀，感激地说："这个是金点子，我和郭副总的脑瓜比不上你！"

王副社长得到赞扬，也不谦虚，"昨夜，我想了很久，研讨会讨论学术问题，我老粗听不懂，帮你们做杂事，我有经验。"他瞧瞧周边忙碌的小伙子们，凑到牛副总耳边说，"哎，这是发行部最后几箱书，我一早赶来，不准往外发，留着布置会场。"

"全部发光啦？"牛副总惊异地问。他记得，第二次印刷，出来没几天的工夫。

"嘿嘿！"王副社长笑眯了眼，"抢手货！全部是一手交钱一手拿货的好买卖！"

"干得好！社里过日子的钱有保证啦！"主持工作以后，牛副总肩膀上的分量顿时重了许多，过去只要考虑自己分管部门的事情，无非是选题策划，成书宣传之类，现在，麻烦的问题多了，全社吃喝拉撒都得盘算。

王副社长乐呵呵地说:"你瞧那书堆的形状,你们都说是长城,但我心里觉得,那是诸葛亮坐在上面演戏的城头!"

"什么意思?"牛副总的思维实在跟不上对方的信马由缰。

"空城计啊!你想,堆那么多的丛书在此地,其实,我们发行部的仓库已经空了,这不是空城计,是什么计?"王副社长的话,绕来绕去,总是绕回他喜欢的《三国演义》。

牛副总刚才还愁容满脸,被王副社长如此一逗,缓解了不少。他想,尽管平时关系不怎么样,关键时刻,大家的心全放在社里的事务上,所谓"人心齐,泰山移!"两个人说说笑笑,回社长室去。秘书小李,朝他们投来诧异的目光。小伙子肯定在想,没见过他们如此和谐啊。

"郭副总这年轻人不错,在社里最困难的时刻敢出来挑担子!"牛副总想到王副社长对郭道海的怀疑,有意如此说。

王副社长点点头,"平时看他书生气十足,关键当口,倒是有肩胛!"他在发行所刘主任那里掏不出什么秘密,对郭道海的疑惑也就不得不搁置。何况,他也看到了郭道海忙里忙外,张罗这个吃力不讨好的研讨会,心中暗暗佩服。

牛副总有些忧虑地道:"不过,上面也许有人会对他产生看法,认为他不知天高地厚,是对抗领导批评,对他今后的发展怕是不利。"

王副社长激动起来,"这样就不公平!是社长室集体决定开会,秦副总不肯出面,我们把郭副总顶上去,又不是他个人要出风头!"

牛副总被王副社长的情绪感染,也激动地说:"对啊,今后确实有麻烦的事,我们老家伙要站出来说公道话,压力不能让他一个人承担!"

他们这么说着的时候,秘书小李在外间接了电话,跑进来告诉两位领导,说是郭副总刚才来电话,今天下午会议请的一位重量级教授,住得远,年事又高,郭副总不放心,他上午不进社了,找了辆车子去接老教授直接到社里。牛副总与王副社长对视了一眼,被郭道海的细致与周详所感动。他们明白,这位威望极高的重量级教授是否与会,对会议的质量至关重要,郭道海才会如此兴师动众地去接人。

两位领导商量完事情,王副社长又去经营部处理业务。秘书小李走到牛副总身旁,站立着,像要报告什么,却犹豫不决。牛副总抬头瞧瞧年轻人,"有事吗?"他突然醒悟,以为是唐社长那里有情况,赶紧问,"医院有消息吗?光顾了忙会议,忘记问唐社长手术的时间。"

小李回答:"手术还要等两天。唐社长有电话来,问会议准备情况。我见你忙,就告诉他下午开会。"

牛副总说:"那好,我们明天上午去华东医院吧。趁手术前,去汇报一下今天下午的会议,唐社长肯定惦记。"

小李"嗯"了一声，依旧没有离开的意思。牛副总明白，他还有话要说。果然，稍稍犹疑之后，小李把一个信封交到牛副总手里，解释道："这是我想交到局办的一封信，是用我个人名义写的。你们正忙着，这种啰嗦的事情，不该来分散领导的精力。不过，我又想，您主持社务，我还是得事先报告一声。"

牛副总听小李说得郑重其事，晓得他不是瞎咋呼的人，赶紧打开信封来读。

他很快看明白了，是小李个人署名的"情况反映"，报告局有关领导，本社出版的《市场经济常识丛书》的审稿文档，被秦含副总编修改过；因为文档已经被上级领导部门查阅，作为经手办理此事的人员，他不得不郑重汇报。在"情况反映"中，小李详细说明了此事的来龙去脉。

牛副总读罢，大吃一惊。他无论如何也没有想到，秦含会做出这样不上台面的勾当，私自篡改已经归档的文件，特别是涉及被领导部门高度关注的内容，这个秦含，头脑发昏？他严肃地望着小李，"这个问题非同小可，你确定属实？"

小李点点头，"我不敢瞎说。领导部门可以查清楚，原件还在文件箱里。"

牛副总晓得，小李不是无事生非的人，他敢这样反映，自然反复掂量过，就鼓励他道："若确有其事，你敢于站出来说，我支持你。"

小李说:"社里正是风雨欲来的时候,我不愿社领导们分神。如果您不反对,我个人把材料交出去,上面要查询,我负责,可以吗?"

牛副总想想回答说:"向上汇报是你的权利。只要实事求是,没有问题。"

小李感激地说:"唐社长要动手术,不敢打搅他,我向您汇报。等下午会议忙完,我直接送到局里去。"

看着他离开的背影,牛副总不停地摇头,心里嘀咕,"难怪秦含连影子也不见,他在乱七八糟搞什么名堂!"他想,今天晚上一定要和女儿开诚布公谈一回,彻底谈谈。无论如何,她要清醒,不能再被秦含迷惑了!那个秦含不知天高地厚,竟然敢做这样混账的事情!他还想暗箭伤害病重的唐社长,天理不容啊!

第二十四章

下午的会议要到两点才开始，郭道海接来老教授，十二点就到了出版社。会前杂务安排，接待来宾事宜，有一系列啰嗦事，主持会议的郭道海，向来是心细之人，不提前到场把各项事务盘点清楚，他心里总不会踏实。早晨，他赶到坐落于本市东北角的大学园区，直奔老先生的家，劝那老教授早些出门，难得有机会，到出版社尝尝他们的大锅饭。这教授是好好先生，又是郭道海老师的老师，见孙辈学子已卓然成才，甚是欢喜，被郭道海这一劝，也就欣然应允，拎起拐杖，早早地动身了。

客人到来，自然不能慢待。牛副总和郭道海两个，陪老先生到了餐厅。在本社大餐厅的旁边，王副社长设计出一个小房间，平时不打开，有客人来，为招待专用。牛副总把王副社长请来陪客，还叫来了鹭鹭，示意女孩好生陪伴教授，饭后请教授去唐社长的办公室小憩。安排妥当,牛副总和郭道海腾出身子,两人匆匆吃点简餐,回社长室,坐定了商量事情。

参加会议的教授学者将在一点半后陆续到达。今天,牛副总取消习惯的午睡,抢在客人来到之前,要和郭道海商讨紧急对策。牛副总把新的情况简单介绍了。局办主任电话里表达的担忧和建议,被牛副总隐去说话者的身份,只说是来自局里一位老处长的忠告,鹦鹉学舌地一一告知了郭道海。他希望年轻人认真考虑一下,下午的会议是否换人主持?"我的学术修养肯定不如你,不过,眼下没有旁人可换,我来顶一顶,如何?"牛副总最后如此说。

郭道海听罢愣住了。他匆匆赶回本社,专为准备主持会议,心思全部积聚在会议的内容上。前些日子,关于"市场经济理论",被魏书记教训一顿,郭道海产生了学习的动力和傻劲,找了许多经济学的书,狠狠恶补,昨天还读到深夜,总算多了几分掌握会议的底气。此刻,听到牛副总说出种种特别的信息,他非常意外,毫无思想准备。他和魏书记不熟,当面只谈过一次话,知道对方的威严,也晓得自己的言语大大得罪了领导,让魏书记对自己缺乏好感。他明白,那位老处长的担忧并非空穴来风。老处长和牛副总,他们都是好心,爱护年轻一辈啊。郭道海颇为感动地说:"谢谢你们的好意。不过,牛副总,你出面主持会议,一样会让领导不高兴啊,一样有麻烦。现在唐社长病重,全社的担子压在你的肩头,你比我重要。有麻烦的话,还是让我担着吧。"

牛副总摇摇头，诚恳地说："不一样的，小郭！"他头一回称对方为"小郭"，平时，一直客客气气称为"郭副总"，"真的不一样。我这年纪，离到点退休没有多少时间，一眼看得到底。你却刚刚走上领导岗位不久，以后的路，还长着呢！"

牛副总一番推心置腹的话，让郭道海听着很温暖。平素，他与鹭鹭父亲有莫名的隔阂，这会儿烟消云散，晓得对方是真心实意关心自己。他不是不知进退的人，局里那位不知名的老处长传过来的话，让他晓得事情的复杂和分量，也记起了"退一步海阔天高"的古训。不过，他明白，社里的同事们注视着他的一言一行，这会儿已经没有退路，没得选择，他被顶在前面了，不想冲锋也得冲。此时，他真实的心理感受，就是硬着头皮撑下去。牛副总愿意代替他，确实是给他一条安全的退路，面子上也过得去。不过，郭道海不想接受他的好意。那样的话，会让自己显得卑劣，把可能的风险丢给同事，不是光彩的行径，违背他的良心。

他们两个你一言，我一语，正在为谁主持会议争执不下，秘书小李突然慌乱地跑进来，告诉他们一个消息，可算是石破天惊的消息，"唐社长！唐社长回来了！"

听到老社长突然现身，牛副总和郭道海均是又惊又喜，赶紧起身跟在小李身后，跑向会议室。一进门，立刻看到一个熟悉的背影，穿着中山装的瘦骨嶙峋的背影，正屹立在堆着书的长条桌前，仔仔细细地端详那堵用书堆成的城墙。

牛副总先叫出声来,"唐社长,你怎么从医院逃出来啦?"

唐社长转过身子,笑嘻嘻地问:"这书堆得好看啊!谁变出的花样?"

牛副总回答:"是王副社长,他精心设计的。"

"书之城?"唐社长问,"他脑瓜蛮灵。"

牛副总说:"他讲是空城计。因为书已经卖光了。"

唐社长呵呵笑出声,"我服了他,彻底的《三国演义》迷。"

郭道海道:"您要准备手术啊,医生肯定不知道你跑出来!"

秘书小李细心,上前一步,请唐社长坐下来说话。唐社长边落座,边回答:"没关系,医生们还在研究开刀的方案,特别是麻醉师在犹豫不决。我闲着没事,闷得慌,出来散心。"

牛副总醒悟过来,"您是想旁听下午的会议?那不行吧,要坐几个小时啊。"

"吃得消,你看我的精神,不比进医院时差吧?我顶得住,身体没那么容易垮。"唐社长说,"当然,现在是你主持工作,能不能参加,要你牛副总批准。"

牛副总尴尬地道:"您说啥啊!我不过是暂时代替你几天。"

唐社长认真地说:"真是要请你批准,噢,还要请小郭同意,把今天下午主持会议的位置,让给我坐,再过把瘾,如何?"

牛副总和郭道海面面相觑,他们终于猜出老社长赶回来的原因。刚才，他们的争执，他们的矛盾，被唐社长的突然出现，被这位老人的智慧，轻轻消解了。

郭道海嗫嚅着说："唐社长，主持会议要说很多话，挺辛苦的，还是让我年轻人做吧！"

唐社长笑笑，扬手招呼他到自己身边坐下，然后又招呼牛副总，"老牛，你也过来坐。"

小李见三位领导要商量事情，赶紧走到门口，把会议室的大门给掩上了。

门一关，会议室与外面的空间隔断，室内突然显得异常宁静。午餐过后，楼梯那里上上下下的声响，被那扇厚重的木门挡住了。只有偶尔的大声招呼，某位女同事呼喊谁的声音，因为是女高音，依旧穿透进来。小李站在门边，三位社领导坐在长方形的会议桌旁，短短的两三分钟，竟然没人开口说话。

末了，还是唐社长的话语打破了短暂的沉默，"我么，在这里十来年了，手术以后，总得休养吧？即使手术成功，我也应该让位了，对社里有利，对我也好。让我再主持一次会议，算对工作的一种告别仪式——"

牛副总着急地插上来说："我们等着您康复。大家希望你回来，这个社，离不开你。"

唐社长摇摇头，淡然地说："自然规律，谁都有离开的时候！"

他转向郭道海说:"你比牛副总更年轻,你对出版有感情,多经过些历练,有好处。"

郭道海连连点头,"跟着你们,我学会很多。今天的会议,还是我来忙活,像您刚才说的,让我多一次历练。"

唐社长开心地笑了,对牛副总说:"你瞧,小郭接话头的本事,大有长进!"他狡黠地眨眨眼,反问郭道海:"你担心我没你熟悉情况,读的经济学厚本子少,掌握不了会议?"

"哪里啊!"郭道海赶紧辩白,"是不想让您太辛苦。"

牛副总说:"唐社长,你的心意,我和小郭都懂,你是爱护年轻人。我也这么想过,刚才,我还和郭副总商量,请他把主持的位置让给我——"

唐社长点点头道:"老牛,你想得周到!我们彼此的想法,彼此的心情,都明白。心有灵犀一点通,就不要再争吧。毕竟,我这个社长还没有正式免职,关键时刻,我亲自出面,对这个社好,对你们大家好!"他的语气斩钉截铁,说得中气十足。牛副总和郭道海为难地对视一眼,知道唐社长决心已定,他跑回来,就是这个目的,他们没法再违拗老人的决定。

唐社长抬头看看墙上的挂钟,那面钟,是他关照王副社长特地选择的。钟面大,指针粗,他的老花眼看得清楚,可以准确掌握会议的时间。他说:"一点过了,你们该准备迎接会议的客人。让我一个人在这里静静,想想会议的进程,提前进入角色。"

牛副总和郭道海只能服从他,站起身子,准备离开。唐社长又对小李说:"你把与会者的名单拿给我。噢,再给我泡杯茶来,我喝茶静神,午休十分钟。"

三个人走出会议室,小李细心地重新掩上门。这会儿,楼道上相当安静,不见走动的人影,编辑们在各自的办公室小憩。牛副总对小李说:"你把茶送进去,在门口守一会儿,别让人闯进去,尽量保证唐社长安静休息。"

郭道海瞧瞧手表,已经一点十分。很快,学者教授们将陆续到达,他对牛副总说:"我到底楼等等,说不定哪位先生会到得早。"

牛副总"嗯"了一声。他想起,唐社长的小办公室里,还有一位老先生在休息,他得过去瞧瞧。另外,他要提醒鹭鹭,也到楼下去协助郭副总,准备接待客人。

按王副社长习惯的语言表达方式,"万事皆备,只欠东风。"

一个小小的研讨会,一次意味深长的学术研讨,即将在这幢小楼里开始。它的价值,此刻,当事人也未必很清楚。时间是清醒的过滤器,很多年以后,人们将反复回忆起这场讨论,它的意义,会被不断重新发现和认识。

第二十五章

在风暴的中心，时而有短暂的安宁，天际露出蔚蓝色的诱惑。风暴飘移，那蔚蓝的安宁，瞬间被击破，消失得无影无踪。待风暴过去，高远处，半透明的天空，亮晃晃耀眼，若无其事地观照着大地。广袤的土地上，有风暴留下的狼藉。温煦的阳光轻轻抚过，万物复苏。

如此，周而复始。

几年之后，中国正式宣布进入建设社会主义市场经济的历史时期，"有计划的商品经济"作为一个曾经使用过的概念进入了历史。小说中的几位主人公，除去早已远走他乡的秦含，在岗位上坚持下来的，均经受了若干年头的精神折磨，现在，终于可以松口气。

魏书记是在不久之前正式离休的老干部。面对党的历史性决策，他不能再公开反对。但是，他的内心，依旧深深怀疑"市场经济"这个怪物。他对来访的朋友们说:"还记得水泊梁山故事的开头吗?那个瓶塞一旦揭开,妖魔鬼怪纷纷跑到这个世界上,还会有太平的日子吗?"这是一位老人固执的唠叨,不过,恐怕很少有谁会去认真倾听。

那位令人难以忘怀的优秀女子,出版界才貌双全的女编辑鹭鹭,悄无声息地离开了上海,南下去了深圳。她对同事的解释,深圳是中国市场经济发育最早的地方,她要去那里经风雨见世面。不过,那是放在桌面上的说法。她的亲人与闺蜜,知道她经历过致命的心灵创伤,秦含的卑劣和绝情给予她的打击,是灾难性的、刻骨铭心的。她不得不离开伤心之地,避免经常触景生情,寻求一种容易忘怀的解脱。据说,在她决意南下之际,郭道海想方设法,约她长谈了一次。谈话的具体内容,旁人无从得知。闺蜜小心翼翼问过鹭鹭,郭道海是否想挽留她?姑娘不无伤感,答复模棱两可,但去意已决。临行前夜,父母曾问鹭鹭,郭道海态度诚恳,为什么不能接受他的心意?女孩凄凉地摇头,说了一句很费琢磨的话,"五年六年之后,他还是如此诚恳,再说吧。"可以理解,那是女孩对自尊的保护,不愿意在刚刚经历了巨大的伤痛之后,轻易地寻找怜悯的保护。

最令人痛惜的是,唐社长的病进入晚期,主治医生遗憾地宣布,能采取的措施均用上了,现在,只有指望病人自己的抵抗力了。

牛副总和郭道海相约去病房里看望唐社长。面对瘦骨嶙峋的老人,他们不知该说些什么。其实,久久与病魔搏击的唐社长,对出版社的情况,对同事们遭遇的种种波折,一清二楚。小李经常来看望他,给他带来外面的消息。他知道,牛副总变得敢说敢当,曾经当面与魏书记争论过,不同意处分郭道海;他也知道,郭道海新出版了一本历史著作,在学界获得好评。

唐社长从雪白的被窝里,伸出青筋暴露的右手,和两位同事一一握手。他见两位心事重重,开朗地一笑,朝郭道海打趣道:"小郭,出版新书,也不送我一本,担心我老眼昏花,看不懂?"

郭道海惶恐道:"我那个是习作,很不成熟的,怕浪费您时间——"他见牛副总朝自己使眼色,急忙改口,"噢,等会儿,我取了书马上送您指教。"

"记得,一定签上你的大名!"唐社长笑着关照。他瞧瞧两位同事,眼睛里有许多话要说,也有许多问题想问。但他没有再开口,觉得好累好累,他需要休息,彻底地休息!他已经没有气力陪伴同事们继续前行。几十年的工作生涯,他只知道如一首歌唱得那样"向前向前向前",从来不愿意偷懒。这会儿,他连哼那首歌曲的能力也消失殆尽。身子骨正常时,难以体会的被肉体背叛的感受,唐社长一一品尝了。有两次,在化疗室里,他满头大汗,难受得透不过气。那个当口,离死亡相当近,自己似乎已经熬不过去了。

他没有告诉两位同事,从化疗室出来,死亡的阴影稍稍远去,他吃力地给局党委写了推荐信，建议牛副总担任本社社长，郭道海则可考虑担任总编辑，这样，既发挥了老牛经验丰富的长处，又有利于培养年轻干部。他郑重地报告组织，经过多年的观察，郭道海是非常优秀的青年干部，加快培养步伐，对出版事业十分有益。他托小李把这封信直接送到局办，心中一块石子落地，望着小李远去的背影，他微微一笑，如释重负。他平静地安排妥身后的事情，他已做好了思想准备，去另一个世界，寻找黎明前的单线领导，那位毕生难以忘怀的女子，他需要详细地告诉她，在他们分手后的四十多年中，经历过多少风风雨雨。

唐社长温和地望着两位同事，把对出版社的全部嘱托存放在眼神里。昨天，王副社长过来时，唐社长还问起，给社里青年职工建造的住宅楼什么时候可以动工？王副社长回答，土地落实了，前期的资金准备得差不多了，正在走最后的审批手续。唐社长又放下了一件心事。他一直记得，数年前离开出版社的那个优秀的青年编辑，对自己说过一句刺心的话语：给我十平方米的小房间结婚，我哪里也不去，跟着你唐社长，一门心思做出版……这个青年编辑是过年后去的深圳。春节前，单位联欢会，他还是到场了，借此和同事们告别。他带来自己的未婚妻，一个甜美的姑娘，据说，还是歌剧团的演员，准备随未婚夫去南方打天下。那几年，上海的青年才俊南下的真不少。联欢会现场，有人起哄，吵嚷着要歌剧团的女孩献歌。那姑娘落落大方，拿着话筒，走到了会场的中央，说是唱一首歌《我想有个家》，并且风趣地说，此歌献给初次见面的唐社长。到底是搞专业的，女孩一亮嗓门，全场立刻被那强大的气场所震撼。听了几句，唐社长听出了她的意思，那歌词扎进了老唐的心底，"我想有个家，一个不需要多大的地方——"老唐眼睛一酸，险些闪出泪花，饱经风霜的老人，难得感情冲动。他听懂了他们的心声，如果给他们一间小屋结婚成家，他们就不会丢下专业，大老远地跑到深圳去谋出路。当时，唐社长强忍伤感，一脸苦笑，显得十分无奈，作为一社之长，他没有能力满足年轻人起码的愿望。这首歌，令他难以忘怀，后来，他一心想着让社里多赚点钱，好为年轻人搞点房子，最初的动力，就是源于此歌。

如果不搞市场经济，不让国家快快发展起来，全上海的市民多数挤在破旧的房子里，三代同屋，甚至四代同房，七十二家房客，年轻人那小小的愿望，就只能是飘渺的梦。

与王副社长交谈时，唐社长关照这位忠诚的副手，一定要协助老牛，当好这个家。市场经济年代，经营管理方面稍一闪失，全社人的日子就会过不下去。王副社长是明白人，晓得老社长不放心，担忧他不服新掌门，赶紧拍了胸脯回答，他熟读《三国演义》，懂得做人的哲学。老唐莫名惊诧，为啥话题扯到小说上去了？王副社长赶紧解释，说那个"桃园三结义"，讲的就是为人处事的哲学：没有三结义，刘备仅仅是个落魄穷困的背气贵族，挑着草鞋串街走巷；关羽么，纵有千钧气力，也无处表演，永远成不了关公，乡巴佬一个，卖卖农副产品；至于后来八面威风的燕人张翼德，当时谁认识啊，不就是个杀猪贩肉的屠夫么？所以啊，他老王懂事明理，社长室，唯有心齐才办得好事。王副社长扯这么一通闲话，无非是让老领导放心，他不会倚老卖老，一定忠心耿耿为社里干活。唐社长听他说得头头是道，自然没有再担忧的道理。

病房里，异常地宁静。三位同事，六十多岁的、五十多岁的和近四十岁的，他们的人生经历截然不同，为共同热爱的事业——编辑这个专业——在奋斗。旁人很难真正理解编辑这份行当，它甚至被曲解为"剪刀加糨糊"的手艺活。但为此，他们献出了全部的情感和真诚。当一本好书被社会广为赞颂时，编辑们的奉献，被作家的巨大身影所遮盖；但是，当一本书发生什么麻烦时，他们需要和作家共同承担一切。

此刻，三位编辑，三个年龄相差甚大的知识分子，六目相对，享受着无言的交流。这是一种默契。或许，什么也不说，什么也不问，心心相印，心有灵犀，便是绝好的境界。

后　记

一九六八年秋天，我离开上海中学，去崇明农场，成为知识青年，至今，五十余年飘然而过。

五十年间，除了在乡下的十来年，以及后来在华东师大中文系学习的四年，主要的岁月，迷失在出版这个行当里。奇怪的是，我写过几百万字的小说，其中，描写知识分子生涯的故事不少，竟然一直没有涉及出版编辑领域，甚至可以说，是小心翼翼避开了自己最熟悉的专业。

小说关心的目标是人物。人物活动其间的三百六十行，则是演绎故事和人物的舞台。既定的舞台，适合特定的对象。我关注知识分子群体，选择出版作为创作背景，应该是如鱼得水般天然，为什么会刻意回避？

没有轻易使用这方面的素材，说明我的珍惜。

前辈说过,"编辑是杂家。"

杂家者,知识丰富繁杂,为其一。其二呢?在我看来,性格的色彩斑斓,因其工作特性,在所难免。这样说,既无贬义,亦非自吹自擂,仅仅是如实表述。从与三教九流打交道的广泛性考量,从自身队伍的五花八门分析,与编辑行当比较相似的,当如律师和医生之类。若干著名的小说,正是繁衍在后面这两个专业的田园中。那么,为啥特性相近的编辑行当,关于它的文学故事却不容易构建呢?

思来想去,并非人物的复杂或趣味欠缺,从万千编辑之中,你可以发现知识分子所有的色彩,金色、蓝色、红色、灰色,应有尽有;不过,对照小说的诸多要素,难以寻找的,主要是故事的入口。律师和医生,日常的事务未必精彩,但是,偶尔或许会遭遇紧张惊险的情节冲击,比如特工、强盗、家族阴谋等等,属于他们职业的题中之义,有足够的天地供编故事者天马行空般发挥。相比较,编辑的案头事务,能够发现这样花哨的机缘吗?不是说绝对没有可能,不过,若是真个惊天动地写出来,读者一册在手,或许心生抵触,认为故事过分生硬牵强,种种疑惑,在所难免。

所以,必须寻找一块场景,找到如此这般的故事入口,是日常的,又并非司空见惯的日常,恰如其分,能够充分展开编辑们丰满而庞杂的内心世界,我才敢落笔。

我等待了很久,在脑海中耐心地孕育,等待故事与人物的瓜熟蒂落。

一九八二年初春,我从华东师大毕业,进入上海文艺出版社,做了小说编辑。三年之后,上海文艺社的老社长丁景唐离休,需要有人接班。当时,搞了一次民主推荐,全社二三百人参与投票,结果非常意外,我这个普通编辑得票最多。不久,大约一两个月之后,在我还缺乏思想准备的当口,被任命为这家老牌大社的领导。此后的感觉,就像骑上了飞奔的骏马,身不由己,想下来也难了。如果再把时间往前推几年。我的第一部长篇小说《冬》,完成于一九七八年的年尾,一九七九年由人民文学出版社出版。假如没有一九七八年冬天的十一届三中全会,我的这部小说恐怕难以问世。当时,韦君宜和屠岸先生到上海组稿,要找"思想解放一点的小说",给了我幸运的机会。

如此看来,因缘际会,改革开放大潮起来之时,不知不觉之中,我直接被卷了进去,亦步亦趋,追随了几十个春秋。

二〇一八年开春,当我们回顾改革开放四十年的历程时,我的思绪,渐渐如波涛汹涌,很难平静下来。

在我看来,出版业,非但是鼓吹改革开放的舆论阵地,而且是改革开放进军中重要的突击部队。上世纪八十年代,在中国,爆发了究竟要不要走市场经济之路的争论,出版界的知识分子们,从思维到实践,是冲在相当前沿的一翼。

于是，我回望来路，写出了十几万字的小说《风眼》。为避免对号入座及猜测"真事隐"之类的无聊，只能在后记中声明，本小说所写的人物和故事，与我的老娘家上海文艺出版社无关，也与上海其他我所熟悉的出版社无关。人物是杜撰的，赖以杜撰的基因是真实的。如此无中生有，算小说家的基本功夫吧。

孙　颙

二〇一九年二月

图书在版编目（CIP）数据

风眼/ 孙颙著.-- 上海：上海文艺出版社，2019.5
ISBN 978-7-5321-7039-5

Ⅰ.①风… Ⅱ.①孙… Ⅲ.①长篇小说－中国－当代

Ⅳ.①I247.5

中国版本图书馆CIP数据核字(2019)第047183号

2018年中国作家协会重点项目扶持长篇小说专项

发 行 人：陈　徵
责任编辑：李　霞
装帧设计：人马设计工作室·储平

书　　名：	风　眼
作　　者：	孙　颙
出　　版：	上海世纪出版集团　上海文艺出版社
地　　址：	上海绍兴路7号　200020
发　　行：	上海文艺出版社发行中心发行
	上海市绍兴路50号　200020　www.ewen.co
印　　刷：	上海盛通时代印刷有限公司
开　　本：	880×1230　1/32
印　　张：	7.75
插　　页：	5
字　　数：	151,000
印　　次：	2019年5月第1版　2019年5月第1次印刷
I S B N：	978-7-5321-7039-5/I.5631
定　　价：	49.00元
告读者：	如发现本书有质量问题请与印刷厂质量科联系　T:021-37910000